KB274786

장욱의 삶과 꿈

장욱의 삶과 꿈
장 욱 자전에세이

초판 인쇄 ｜ 2006년 02월 14일
초판 발행 ｜ 2006년 02월 17일

지은이 ｜ 장 욱
펴낸이 ｜ 신현운
펴는곳 ｜ **연인M&B**
기　획 ｜ 여인화
디자인 ｜ 이희정
등　록 ｜ 2000년 3월 7일 제2-3037호
주　소 ｜ 143-874 서울특별시 광진구 자양동 680-25호 (2층)
전　화 ｜ (02)455-3987, 3437-5975 팩스 ｜ (02)3437-5975
홈주소 ｜ www.연인mnb.com / www.yeoninmb.co.kr
이메일 ｜ yeonin7@chol.com

값 10,000원

저자와의 협의에 의하여 인지는 생략합니다.
ⓒ 장 욱 2006 Printed in Korea

ISBN 89-89154-54-5 03810

장 욱 자전에세이

장욱의 삶과 꿈

황소치럼 뚜벅뚜벅 걸으며 살이왔습니디

연인 M&B

　한 사람이 자신이 살아왔던 삶 전부를 들어내놓는다는 것은 참으로 쑥스럽고 부끄러운 일인지도 모릅니다. 자랑스러운 것보다는 부끄러운 것이 더 많고, 한 일보다는 해야 할 일이 더 많은 게 사람이기 때문입니다.

　그럼에도 불구하고 저 '장 욱'은 이제 50을 넘겨 제 자신을 돌아보며 반성과 함께, 지난 발자국들을 통하여 미래를 설계하는 계기를 만들고자 용기를 갖고 이 자전적 에세이를 쓰기로 결심하였습니다.

　우리가 역사를 배우는 것은 단순히 지나간 과거를 알기 위함만이 아니라 역사를 통하여 미래를 열어가고자 함과 같은 이유에서 일 겁니다.

　경북 군위군에서 태어나(군위군 우보면 두북리(속칭 기와골)) 군위에서 자랐고, 대구에서 공부하여 군위군과 경북을 위해 반평생을 바쳐 살아왔습니다. 그러니까 제 평생을 저를 낳아준 경북 군위에서 보낸 셈입니다.

살아온 지역은 협소할지 모르지만 저는 나의 삶 그리고 나의 꿈, 나의 인생 전부를 쏟아 부은 자랑스러운 나의 고향 '군위' 입니다.

우리나라는 역사 깊은 도시가 산재해 있습니다. 충남의 부여, 공주, 충북의 충주, 그리고 경북의 경주와 안동, 경남의 밀양과 김해, 호남의 남원과 정읍 등이 그 도시입니다.

그러나 우리 군위를 기억하는 사람은 그리 흔치 않습니다. 하지만 우리 군위야말로 대한민국 어디에 내놔도 손색없는 역사에 기리 남아야 할 지역입니다.

서기 757년 통일신라시대에 이미 군위현(縣)이 형성되어 2006년 지금까지 지명 한 번 바뀌지 않고 버티어 온 역사의 도시인 것입니다.

그러나 지금 현 시점에서 본다면 우리 군위는 국민들 사이에서 점점 잊혀져 가는 고을로 전락하게 되었고 이렇다할 만한 자랑거리가 없는 농촌으로 퇴락해 가고 있습니다.

돈을 벌기 위해 젊은이들이 도시로 빠져 나가 연세 많으신 어른들만 빈집을 지키고 있고, 농사철만 되면 일손이 턱없이 부족하여 허리 굽은 노인들께서 일터로 나가야 하는 참혹한 풍경을 가슴 아프게 지켜보아야 하는 것이 우리 군위의 현실입니다.

그러나 우리 군위가 언제까지 이렇게 후진만 하지는 않을 것입니다. 언젠가는 모든 국민이 군위를 찾아와 살고 싶어하는 그런 도시로 탈바꿈할 것입니다. 제가 이 자전적 에세이를 쓰는 것도 저의 이런 각오가 뼈에 사무쳐 있기 때문입니다.

저는 이 군위에 머물며 사업을 하여 도내에서 부끄럽지 않은 기업으로 성장시켜 왔습니다. 만일 제가 돈 벌기에만 급급했다면 모든 것을 훌훌 털어 버리고 대도시로 뛰쳐 나갔을 것입니다. 그랬다면 지금 제 사업체는 훨씬 큰 규모의 대 기업체가 되었을 것입니다.

그러나 저는 군위를 버리지 못했습니다. 버릴 수가 없었습니다. 제 선친의 숨결이 살아 있는 곳이고, 제 뼈가 자란 곳이기 때문입니다.

그리고 제게는 움직일 수 없는 신념이 있었기 때문입니다. 그 신념은 이 황폐해진 군위를 멋진 도시로 탈바꿈시켜 국민 모두가 부러워하는 도시로 바꾸자는 것입니다.

역사에 빛나는 이름으로 남아야 할 군위가 이렇게 잊혀진 시골로 전락한 가장 큰 이유는 경제적 상태가 열악하기 때문이며 그 책임은 우리 모두에게 있다고 생각합니다. 우리 조상 어른들이 세운 지역을 우리가 부끄럽게 만든 것입니다.

그렇기 때문에 저는 제 혼신의 힘과 정열을 바쳐 군위의 영광을 재현코자 노력할 것이며 후손들에게 떳떳한 군위를 물려줄 결의를 다집니다.

　이 원대한 꿈을 이루는 데는 저 혼자만의 힘으로는 절대 안 됩니다. 저와 동시대를 살아가는 우리 군민, 그리고 출향 인사 모두가 혼연일체가 되어 힘을 합쳐야 하며 어르신들의 지혜와 젊은이들의 패기가 어우러져야 합니다.

　저는 그 어떤 희생을 무릅쓰고라도 지금까지 '황소처럼 뚜벅뚜벅 걸으며 살아온' 것처럼 묵묵히 그러나 정열적으로 노력할 것입니다.

　저를 성장시켜준 군위, 그리고 제 인생관과 삶의 철학을 깨우쳐주신 선친에 보답하기 위해 저는 먼저 저 자신을 돌아보자는 뜻으로 이 책을 펴내게 되었습니다.

　저는 이 글에서 저의 삶과 꿈, 미래에의 설계를 낱낱이 밝힐 것입니다. 부끄러운 점 많겠지만 용기를 내어 쓴 글입니다. 많으신 채찍, 많으신 지도 있으시길 부탁드립니다.

　감사합니다.

2006년 2월

장 욱 삼가 올림

제1부
나도 가끔 사색에 잠길 때가 있다

아버님의 삶에 대한 추억

사람이 살다 보면 참으로 힘들고 외로울 때가 많다. 일이 잘 풀리지 않는 사업 일이나 자식문제 같은 가정사, 아니면 타인으로부터 억울한 일을 당했을 때, 도움을 준 사람으로부터 배신당하는 고통을 맛볼 때, 그런 일이 아니더라도 갑자기 삶이 무의미해지고 허망한 생각이 들 때 우리는 보통 기력이 빠지고 의욕을 잃게 된다.

나도 그럴 때가 많다. 그러나 최근 내가 가장 고독했을 때는 의외로 지난 2002년 6월 13일 치러진 지방 자치선거에서 무투표로 도의원에 당선되었을 때였다. 무투표 당선은 참으로 영광스러운 일이다. 몇 곱의 힘든 선거운동 과정을 거치지 않아도 된다는 이득도 있지만 그보다는 우리 군민들께서 절대적인 지지로 타인의 경쟁을 허락하지 않았다는 영광이 있기 때문이다.

이 점에 대해서는 지금도 감사한 마음을 가슴에 깊이 담아두고 있다. 그럼에도 불구하고 당선되던 날 정말 고독감을 지울 수 없었던 것은 이 고마움을 앞으로 어떻게 보답할까 하는 걱정 때문이었다.

무투표 당선의 영예를 누리기는 했지만 이제 겨우 초선이다. 앞으로의 의정활동이나 지역 현안을 어떻게 처리해 나갈 것인지. 어떻게 원만한 의정활동으로 지지 군민들께 보답해야 할지가 걱정되었던 것이다. 그것은 중압감이기도 했다.

여러 가지 계획을 세우고 생각도 많았지만 막상 당선의 영예를 누리고 보니 마치 벌판에 혼자 서 있는 것처럼 외롭고 고독했었다.

도의원에 당선되던 며칠 후 내가 가장 먼저 한 일은 혼자 우리 지역을 한 바퀴 돌아보는 일이었다. 읍 중심은 경제불황으로 활기를 잃고 있었고 변두리 지역은 낡고 쓰러져 갈 듯 변변한 집 한 채 보이지 않았다.

지역 민들은 다 아는 사실이지만 젊은층 세대가 대도시로 다 빠져나가 황량하기 이를 데 없는 모습이다. 그리고 인구는 점차 줄어만 가고 있었다. 그러므로 지금 우리 지역에서 가장 중요한 일은 삶에 대한 활기를 열어주는 일인데 어디서부터 물꼬를 터야 할지 캄캄하기만 했다. 그리고 어디서부터 실마리를 풀 것인가 고뇌하기 시작했다.

이제 나는 옛날의 장 욱이 아니다. 군민들이 기대하는 도의원 장 욱이다. 더구나 무투표 당선의 명예가 있는 도의원 신분이다. 그래서 고뇌가 더 많아진 것이다.

그때 내 머리를 스쳐 지나가는 영감이 있었다. 그것은 아버님으로부터 어렸을 때부터 배워온 생활철학이었다.

'우선 이웃 사랑', 이것은 아버님이 평생 실천하신 변하지 않는 생활방법이며 철학이다.

나는 차를 몰고 인근 한 지역을 찾아갔다. 자동차 한 대가 겨우 드나들만한 좁은 길을 가다 보면 길가 밭에 한 개의 추모비가 서 있는데 이것이 지역 민들이 부친을 추모하기 위해 십시일반 돈을 추렴하여 세운 아버님에 대한 추모비다.

나는 감격스러운 마음으로 이 비문을 읽어갔다. 이 추모비에는 추모비를 세운 내력이 적혀 있는데 거기에는 이런 사정이 쓰여 있다.

1950년 6월 25일 소위 6.25 남침이 북한에 의해 자행되었다. 이 전쟁으로 나라는 초토화되었고 여기저기서 굶주림에 쓰러지거나 영양실조로 병이 나고 죽어갔다. 참으로 눈뜨고 볼 수 없는 참상이었다.

이때 이 지역 유지이며 재산가였던 '장시영' 어른께서 아낌없이 사재를 털어 양곡을 사주어 배곯기를 면하게 해 주었다. 또 엄청난 사재를 털어 가뭄을 해소하기 위해 저수지까지 만들어 농사짓는데 엄청난 힘을 보태주셨다.

누가 이런 일을 할 수 있겠는가. 이런 여러 가지 혜택을 주어 힘

들고 어려운 시절을 무사히 넘길 수 있었던 감사의 뜻으로 지역 민들이 힘을 합쳐 이 추모비를 세운다.

이런 요지의 내용이 적혀 있다. 이런 지역 민에 대한 대가 없는 사랑 베풀기로 아버님은 지역에서 존경받는 어른 대접을 받았고 이 사실이 전지역에 알려져 60년대 실시된 지방자치 선거에서 도의원에 당선, 2대 도의원을 역임하게 되셨다.

그로부터 40년 후 아들인 내가 도의원에 당선되어 이 추모비 앞에 서 있게 되었으니 어찌 감격스럽지 않으랴!

아버님 추모비 앞에서 어찌 걱정이 앞서지 않을 수 있으랴!

'아버님의 반에 반만 일해도 성공일 것이다. 죽어라 일해서 아버님 명성에 먹칠은 하지 말아야 할 텐데…….'

잠시 머리 숙여 아버님 영전에 예를 올린 후 머리를 들어 올렸다.

눈앞에 여러 사람이 어른거렸다. 먹고살기 어려운 극빈자, 고아들, 일자리 없는 청년들, 재능은 있으나 경제적 여건이 맞지 않아 공부를 포기해야 할 안타까운 어린 학생들. 우선 내가 할 수 있는 가능한 일부터 시작하자. 큰 사업보다는 이런 작은 일부터 차근차근 시작하고 큰일은 크게 준비하자.

나의 이런 생각은 아버님께서 내게 내려주신 명령일지도 모른다는 생각도 들었다. 아버님이 그렇게 시작하셨으니까.

이 지역에서 양조장을 경영하시던 아버님께서는 비교적 윤택한

생활을 하실 수 있었다.

당시에는 큰 지역마다 양조장이 있었는데 주종은 막걸리가 대부분이었다. 인근 지역의 술을 도매 소매로 공급하기 때문에 상당한 재산을 소유할 수 있었다. 그래서 양조장 주인은 지역에서 갑부로 알려져 있고 지역 유지로 통했다. 아버님도 그런 케이스였다.

그러나 아버님 철학은 '지역에서 번 돈은 지역을 위해 써야 한다' 라는 분명한 경제철학을 가지고 계셨었다. 돈을 벌어도 그것이 내 돈이 아니라는 것이다.

6.25 직후 우리의 생활이 얼마나 곤궁했는지는 경험하지 못한 젊은이들은 상상도 못할 것이다. 초근목피(草根木皮)란 말이 있다. 말하자면 풀뿌리와 나무껍질로 먹고살았다는 말인데 사실이 그랬다.

가을 추수가 끝나고 이 농작물로 겨울을 버티고 나면 이듬해 보리를 수확하여 양곡을 얻게 될 때까지는 곡식을 얻을 방법이 없었다. 그래서 봄이 되면 먹을 양식이 없어 들로 나가 먹을 만한 풀뿌리를 캐서 죽을 쑤어 먹는 게 고작이었다. 먹을만한 주전부리가 없던 시절이어서 봄이면 어른 아이 할 것 없이 산에 올라가 칡뿌리를 캐 먹기도 하였다.

이를 춘궁기(春窮期)라고도 하고 '보릿고개' 라고도 한다. 이때쯤이면 굶는 사람이 태반이고 심지어 죽는 사람까지도 생겨났다.

입을 만한 옷이 없어 한겨울에도 내의를 입을 수 있는 사람은 별로 없었고 양말도 싸구려 목양말 정도나 버선을 만들어 신는 것이

고작이어서 동상 환자가 수두룩하였다. 신발도 고무신, 그것도 거칠기 짝이 없는 검정 고무신을 신고 다니는 사람이 허다하였다.

지금으로서는 상상도 하지 못할 상황이었다. 그 힘든 시절 아버님은 사재를 털어 쌀을 구입하여 굶는 사람들에게 무상으로 퍼주었다.

농사를 지으려 해도 숱하게 찾아오는 가뭄을 견딜 수 없어 메말라 갈라진 논을 바라보며 한숨만 푹푹 쉬고 있을 때 아버님은 근본적인 대책을 세우기 위해 막대한 비용을 투자하여 저수지를 만드셨다. 가뭄이 와도 이제 걱정하지 않아도 되게 되었다. 논이 갈라질 무렵이면 저수지 물을 흘려 풍족한 논농사를 지을 수 있게 된 것이다. 지역 주민들 때문에 번 돈이니 지역을 위해 쓰는 것은 당연하다는 생각이셨다. 지역에서 번 돈이니 지역에 다시 환원시킨다는 뜻이다.

어머님(박분돌)께서도 군 말 한 마디 없이 아버님의 뜻을 따라주셨다. 이것은 결코 쉬운 일이 아니다. 나는 이 정신을 가훈(家訓)으로 삼아 성장해 왔다.

아버님은 매우 엄격하시어서 무척 대하기가 어려운 분이셨지만 사실 속마음은 자상하고 잔정 많으신 분이었다. 조금이라도 반듯하지 못한 꼴을 보시면 눈물이 나도록 호통이 내려졌고 착한 일을 하면 손에 먹을 만한 것(대부분 과자류)을 구해 손에 슬그머니 쥐어주시기도 했다.

그렇다. 나도 아버님의 이런 정신을 잊지 않기 때문에 번 돈을 지역에 환원시켜야 한다는 분명한 철학을 정신적 재산으로 알고 살아왔다. 부족하지만 실천에 옮기며 살아왔다. 그러나 이제는 전보다 더 분발해야 할 것이다.

아버님의 추모비 앞에서 나는 참으로 많은 상념에 잠겨 있었고 많은 감회에 젖어 있었다. 아버님에 이어 2대째 도의원을 맡게 되었으니 자랑스러움보다는 막중한 책임감이 앞섰고 책임을 완수하기 위해서는 배 전의 노력이 필요하다는 결의를 다지게 된 것이다. 그리고 내 자식들에게도 이런 생활철학을 물려줘야 한다는 각오를 다지지 않을 수 없었다.

한동안 추모비 앞에서 서성이던 나는 외롭고 고독했던 마음을 털고 새 각오를 다지며 차를 돌렸다.

"결코 아버님 앞에 부끄럽지 않은 도의원이 될 것이다."

나는 혼자 중얼거리며 핸들에 힘을 주었다.

자식들에게 보내는 글

자식에 대한 걱정은 세상에 살아 있는 부모라면 누구나 다 똑같은 심정일 것이다.

'남에게 뒤떨어지면 안 되는데…… 혹 잘못하여 사는데 고생하지는 않을까…… 사람답게는 살아야 하는데…….'

깊은 밤에 잠에서 깨어나 이런 저런 생각에 잠기다가 자식들 생각으로 옮겨지면 밤잠까지 설쳐질 때가 많다.

내게는 두 명의 자식이 있다. 22살이 된 아들녀석(장 헌)이 있는데 지금 대학에 다니고 있고 또 하나는 현재 고등학교 다니는 18살의 귀염둥이 딸년(장민아)이다.

이 두 자식은 비교적 반듯하게 성장하여 부모 속을 썩이지 않아 늘 고맙게 생각하지만 무뚝뚝한 아버지를 만나 잔정을 받지 못하고 자라왔다.

나는 비교적 말수가 적은 사람이다. 그런데다 여러 가지 일로 바쁘기 짝이 없다. 게다가 자식들 앉혀놓고 자상하게 도란도란 이야기하는 스타일이 아니다. 그러나 마음 깊은 곳에 자리잡고 있는 자식에의 사랑은 어느 부모와 마찬가지로 똑같다. 그래서 처음으로 이 자리를 빌려 평소에 하고 싶던 말을 들려주고자 한다.

그리고 이 말은 내 자식이나 마찬가지인 우리 군위의 젊은이들 모두에게 들려주는 말이기도 하다.

—사랑하는 헌아, 민아야 그리고 군위를 지키고 있는 모든 자식 같은 청소년 젊은이들아. 이 아버지가 세상을 살아오고 사업을 하며 배운 것 중 하나는 모든 일에는 철저한 계획이 필요하다는 것이며 먼저 이 말을 들려주고 싶다.

사업계획에는 단기 계획, 장기 계획 두 가지가 있는데 예를 들면 '금년 사업은 이렇게 해야겠다.' 라는 단기 계획과 '향후 10년 또는 20년 후 이 사업을 어떻게 발전시킬 것인가.' 하는 장기 계획이 필요하다는 것이다.

인생도 마찬가지란다. 하루 단위, 일주일 단위, 혹은 1년 단위의 짧은 계획이 있어야 하고 길게는 인생 전체를 설계할 장기 계획이 필요하다는 뜻이다. '나는 장래에 이런 사람이 되겠다.' 라는 원대한 장기 계획이 있어야 하고 이를 실천하기 위해 지금 당장 할 일이 무엇인가를 생각하고 실천하는 단기 계획이 필요하다는 뜻이다.

나는 어려서 들은 한 선생님의 이 말씀을 지금도 잊지 않고 간직하며 살아왔단다.

'머리는 하늘 위에 두고 그리고 발은 한 계단 한 계단 차근차근 밟고 올라가라.'

이 말 뜻은 머리는 높은 이상(理想)을 꿈꾸고 이 꿈을 실현하기 위해 차근차근 실천해 나가라는 교훈이다.

이 교훈은 바로 사업의 장, 단기 계획과도 일맥상통하는 말이다. 높은 이상을 품으라는 것은 사람다운 사람이 되기 위한 미래 설계를 하라는 뜻이며 하루하루 삶을 소중히 생각하고 이상을 실현하기

위해 노력하라는 뜻이라고 선생님은 말씀하셨다.

그렇다. 사랑하는 나의 자식들아! 세월은 너희들이 생각하는 것보다 훨씬 더 빠르고 바쁘게 지나가는 것이란다. 지금 너희들이 살고 있는 10대, 20대는 눈 깜짝할 사이 30대, 40대가 되고, 놀라 지난 세월을 돌아보면 어느새 50대가 되고 60대가 되어 있을 것이다. 어느 책에 보니까 이런 글이 있더라.

'어렸을 때는 부모님만 50대, 60대인 줄 알았는데 살다 보니 부모님들은 다 돌아가시고 어느새 내가 그 나이가 되었구나.'

빠른 세월을 한탄하는 글이지만 이것이 진리란다. 눈 깜짝할 사이 너희들도 그렇게 나이를 먹어갈 것이다. 그러니 하루 하루가 얼마나 소중하냐. 너희들이 정말 너희 자신의 미래를 걱정한다면 지금부터라도 미래를 설계하고 꿈을 이루기 위해 노력해야 할 것이다.

나는 먼저 너희들의 미래 자화상(自畵像)을 그리라고 말하고 싶다. 1년 후의 너희들 모습, 그리고 5년 후, 10년 후, 30년 후의 너희들 모습이 어떻게 되어 있을까. 그 그림을 그려보라는 것이다.

이렇게 미래의 자화상을 그려가다 보면 너희들은 완성된 너희들 모습을 볼 수 있게 될 것이다. 성공한 너희들 모습을 발견하게 될 것이다.

하나 하나 그림을 완성해 가라는 뜻은 하루 하루를 게으르지 않게 준비해 가라는 뜻이다. 놀고 즐기는 것은 쉬운 일이며 누구나 할 수 있는 일이란다. 그러나 놀고 즐기는 일은 흔적 없이 사라져 버린다.

아무 소득이 없는 것이란다.

하지만 목표를 위해 공부하고 노력하는 일은 반드시 흔적을 남겨준단다. 흘려준 땀은 사람을 속이지 않고 그 대가를 지불해 준단다.

'시간은 금이다.' 라는 말의 뜻이기도 하다. 앞서 말했지만 시간은 속절없이 빠르기 때문에 자칫 잠시라도 게으름 피우면 어느새 노력한 사람은 저만큼 앞서가 있고 나는 뒤쳐져서 나이 들어 허덕이며 사는 실패한 사람이 되기 마련이란다.

무슨 목표든 목표를 세워라. 그리고 목표를 향해 힘차게 돌진하라. 그럼 너희들은 성공한 인생을 맛보게 될 것이다.

나는 〈큰 바위 얼굴〉이라는 글을 정말 소중하게 간직하고 있다. 학교 교과서에도 수록되었던 글이라 너희들도 다 알고 있겠지만 이를 다시 한 번 상기하고자 한다. 작가가 누구인지 분명한 기억은 없다.

미국 어느 마을에 사람과 꼭 닮은 큰 바위가 있는데 이 바위와 똑같이 생긴 훌륭한 인물이 이 마을에 태어날 것이라는 전설이 내려오고 있었다.

이 마을의 한 소년은 늘 큰 바위 닮은 훌륭한 어른을 만나 보는 것이 소원이다. 그리고 묵묵히, 성실히 자신의 일을 수행해 왔다. 그러나 큰 바위 닮은 사람은 나타나지 않았다.

이제 많은 세월이 흘러 이 소년은 훌륭한 인물이 되었고 고향을 지키는 어른이 되었다. 어느 날 마을 사람들은 큰 바위 얼굴과 똑같은 사람이 나타났다며 놀라워하고 기뻐했다.

그 큰 바위 얼굴을 닮은 사람은 다른 이가 아닌 바로 성실하고 큰 바위 닮은 얼굴이 오기를 손꼽아 기대하던 바로 그 소년이었던 것이다.

자식들아, 그리고 우리 군위의 젊은이들아. 너희들이 열악한 우리 군위를 지켜주는 큰 바위 얼굴이 되어 달라. 자신의 삶에 충실하고 묵묵히 일하다 보면 어느새 너희들은 큰 바위 얼굴이 되어 있을 것이다.

이제 성공이란 것에 대해 말하고자 한다.

이제는 많은 세월이 흘러 인생에 대한 가치관도 많이 바뀌었다. 따라서 성공이란 말이 갖는 의미도 크게 변질되어 있다.

높은 벼슬을 차지하거나 돈을 많이 벌어 떵떵거리고 살아야 성공했다고 사람들은 말한다. 물론 가족들 거느리기에도 힘들만큼 가난하거나 어깨 한 번 펴보지 못하고 허리 굽히며 산다면 이걸 성공이라고 보기는 어렵다.

그러나 꼭 돈을 많이 벌고 높은 감투를 써야 성공한 사람이라고 말하기는 어렵다. 청빈하기로 유명하신 성철 스님이나 아무것도 소유한 것이 없는 김수환 추기경 같으신 분이 가난하다고 해서 어찌 실패한 인생이라고 말할 수 있겠느냐.

열심히 노력해서 재산가가 되고 높은 벼슬을 하는 것은 성공의 잣대가 되기에 충분하기는 하다. 그러나 그 감투를 어떻게 사용했고 또 그 돈을 어떻게 썼느냐 하는 것이 바로 성공의 잣대가 된다는 것을 말하고 싶다.

타인으로부터 존경의 대상이 되어야 비로소 '성공한 사람' 소리를 듣게 되는 것이다.

오래 전 박정희 대통령 시절, 서울시장을 역임한 김현옥이라는 분이 계셨다. 남부럽지 않은 출세가도를 걸어온 분이지만 이분은 나이 들어 호의호식하지 않고 자신의 고향으로 내려가 시골 중학교 교장을 자청하여 명문 중학교로 만들어 놓았다.

또 한 분 박현태라는 어른을 소개한다. 이 어른은 한국일보 정치부장과 편집국장을 역임하고 KBS 사장까지 지내신 어른이시다. KBS 사장이라면 장관 부럽지 않은 막강한 힘을 가진 자리다. 사장 자리를 퇴임하면 문화공보부 장관도 할 수 있고, 국회의원도 할 수 있다. 원한다면 고향에서 도지사도 할 수 있는 막강한 자리다. 이런 자리는 거의 보장받는 자리다. 그럼에도 불구하고 이 어른은 사재를 털어 사회에 환원시키고 본인은 머리를 깎고 스님이 되셨다.

사회적으로 성공하고 인생에서도 성공한 좋은 본보기가 되는 인물이라 소개하는 것이다. 많은 사람들의 존경을 받는 인물이 된 주요 원인은 자신이 이룩한 성공을 타인에게 베풀며 스스로 고생의 길을 선택했다는 점이다.

김현옥 어른께서는 자신이 가진 재산과 실력을 고향 중학교에 쏟아 부었고, 박현태 어른은 인생을 깨닫고 좀 더 깊은 공부를 하기 위해 스님이라는 고독한 자리를 선택하셨다.

성공하는 방법이란 이런 것이란다. 노력하면 돈은 벌 수 있다. 또 노력하면 높은 자리에 오를 수도 있다. 그러나 그 자리를 어떻게 운영하고 또 후에 퇴임하여 무엇을 남기느냐에 따라 인생의 성공과 실패가 판가름나는 법이란다.

앞에서 말한 대로 세월은 참으로 빨리 흐른다. 잠시도 멈춰 서지 않는다. 시간을 아껴 쓰고 있는 힘을 다해 목표를 향해 달려가라. 그리고 성공하라. 성공하거든 얻은 모든 것을 사회에 환원하라. 어차피 우리는 세상에서 얻은 모든 것을 다 버리고 세상을 떠나게 되어 있다.

예수님이나 부처님 두 성인께서 남기신 가장 소중한 교훈은 희생과 청빈과 사랑과 자비다. 사랑과 자비와 겸허함을 빼놓고 예수나 석가를 말할 수 없다.

성공해서 어느 자리에 있든 주위를 사랑하고 겸허해라. 이런 것이 성공의 비결인 것이다.

고향을 잊지 마라. 고향은 너의 모든 것이다. 네가 태어났고 네 아버지, 할아버지가 태어난 곳이다. 고향을 사랑하고 고향을 위해 몸을 바친다는 것은 참으로 힘들고 어려운 일이지만 고향이란 연어

같은 물고기도 되찾아오는 소중한 것이란다.

지역에 사는 젊은이들은 지역에서 성공하고, 도시로 나간 젊은이들은 그곳에서 성공하라.

지금 도시로 나가 공부하는 학생들은 이 악물고 공부하여 성공하라. 성공했다고 생각되거든 고향을 찾아와라. 고향에 찾아와 고향을 지키던 동지들과 힘을 합쳐 고향을 일으켜라. 어느 지역 부럽지 않은 군위를 만들어라. 이것만이 너를 낳아준 고향에 보답하는 길이다.

너희들에게 들려주는 이 말은 결코 잔소리가 아니다. 아직은 너희들이 어리고 경험이 부족하여 잘 모르겠지만 세상을 헤쳐나가며 살다 보면 지금 들려주는 이 말들이 얼마나 소중한 교훈인지 깨닫게 될 것이다. 이제 여기서 말을 마치고자 한다. 귀담아 듣고 잊지 않기를 바란다.

고향 군위를 찾아온 손님

얼마 전 나는 개인적인 일로 서울을 찾아갔고 일을 보기 위해 찾아간 자리에서 한 사람을 소개받게 되었다. 문화 언론계통에 종사하는데 꽤 알려진 인물이라는 소개를 받았다.

내가 군위 사람이라고 말하자 이분은 반색을 하며 반겨주었다.

"아! 군위 분이시군요."

그래서 군위와 특별한 인연이라도 있나 싶어 되물었다.

"군위를 잘 아시나요? 무슨 인연이라도……."

그러나 답은 뜻밖이었다. 군위는 한 번도 가 본 일이 없고 친인척이나 친구도 없는 생소한 곳이라는 것이다.

"그렇지만 한 번 꼭 방문하고 싶은 곳이죠. 사실 제게 가까운 사람이 있는데 이분이 군위 사람이었죠. 정치에 뜻을 두고 오랜 동안

정당생활을 해 왔었는데 이제는 꿈을 덮고 서울에서 조용히 살고 있는 분입니다. 군위·칠곡이 한 지역으로 묶여 있던 시절인데 자민련 지구당 위원장을 맡아 일하던 도갑현이라는 분입니다. 그런데 이분이 늘 군위·칠곡 얘기를 해서 머리 속에 아예 입력된 지역이 군위군이거든요. 공기 좋고 조용해서 살기에 좋은 지역이라고 수없이 들어왔습니다. 그래서 군위는 어떤 곳인가 늘 궁금하게 생각했죠."

"아, 그렇습니까? 그럼 언제 한 번 놀러 오십시오!"

나는 그분을 정중히 초청했다. 언제든 내려오셔서 연락주시면 반갑게 맞이하겠다고 했다. 그러나 이분이 정말 군위를 찾아오리라고는 기대하지 않았다. 말은 그렇게 하지만 정말 군위를 찾아오겠느냐는 의구심 때문이었다.

서울서 일을 마치고 내려왔다. 그리고 이 인사를 잊고 있었다.

그로부터 며칠 후 아침 일찍 한 통의 전화를 받았다. 바로 서울에서 만났던 그 인사였다. 대구에 일이 있어 왔다가 장 의원님 생각이 나서 군위로 내려왔다는 것이다.

"사실은 어젯밤에 내려왔습니다."

"그럼 바로 연락을 주시지 그랬어요."

"그럴 생각도 있었지만 군위를 여유 있게 돌아보고 싶어서요. 친구한테 너무 많은 말을 들어서 초행이라도 그다지 낯설지는 않네요."

그래서 만나게 되었고 점심식사를 같이하게 되었는데 나는 처음 이 지역을 찾아온 그 손님에게 군위 방문 소감을 물어 보았다.

"그래 막상 와 보시니 어떻습디까?"

"어젯밤에 군위에 도착하여 지리를 잘 몰라 군위경찰서 앞 농협 서부지사 근처 여관에 투숙했습니다. 마땅한 모텔이 눈에 뜨이지 않아 쉽게 눈에 뜨이는 여관을 찾은 게 목욕탕을 겸한 대성장 여관이었죠. 시설이 초라하지만 밤중에 헤매고 다닐 수도 없어 그곳에 여장을 풀고 거리로 나섰습니다. 가까이 버스 정류장이 있어 이곳이 군위 입구 지역인 줄 알고 나갔죠. 그리고 번화가를 찾아 차나 한 잔 마실 계획으로 지나가는 행인에게 물어 보았습니다. 번화가가 어디쯤이냐고요. 그랬더니 여기가 제일 큰 번화가라고 하더군요. 전 깜짝 놀랐습니다. 군위가 이렇게 작은 도시인가 하고요. 아침에 다시 둘러보니 더 이상 갈 곳이 없었습니다. 정말 너무 작네요."

나는 고개를 숙였다.

"지금도 인구가 점점 줄어들고 있는 실정입니다."

"얼마나 되지요?"

"약 2만 8천 정도입니다."

"대구와 구미가 가까운데 그곳에 비해 이곳은 너무 발전이 안 되어 있네요. 사실 어제 황궁다방에 들러 아가씨한테 커피 한 잔 사주며 물어 보았죠. 이곳 특산품이 뭐냐고 했더니 오이와 참외라는 것이었습니다."

"네. 그렇습니다."

"의원님 하실 일이 참 많겠습니다. 이곳 오이 맛이 어떤지는 모르지만 오이나 사과만으로 경제를 일으키기에는 아이템(품목)이 너무 열악합니다. 사과만 해도 상주, 충주사과가 전국적인 호응을 받고 있거든요. 특히 충주사과는 사과를 재 가공하여 사과국수, 사과주, 사과쨈 등 가공공장을 세워 수출과 내수에 박차를 가하고 있어 많은 수입을 올리고 있습니다."

군위를 처음 방문한 이 손님의 지적은 너무나 정확했다. 그리고 그것은 나의 숙제이며 고민이기도 했다. 이 군위의 경제를 떠맡기에는 오이나 참외만으로는 절대 불가능하기 때문이다. 어떻게 하면 군위를 살릴 것인가? 어떻게 하면 인구를 늘릴 수 있겠는가. 적어도 1차 목표는 인구 유입을 위한 시설을 유치하는 일이다.

여러 가지 준비중이고 또 생각도 많지만 이분의 솔직한 의견을 먼저 듣고 싶었다.

"뭐 좋은 의견이라도 있으시면 말씀해 주세요."

"지역 정서도 잘 모르고 이곳 사정에도 밝지 않아 말씀드리는 게 송구스럽지만 제 생각에는 이웃 대구를 최대한 이용해야 할 것 같습니다. 농작물도 점차 특수 고급화하여 고액에 판매할 수 있는 시스템으로 바꿔야 할 것 같습니다. 이것은 위기에 빠진 전국 농촌 모두의 숙제이기도 합니다만 여기는 다행히 대구가 가까우니 잘 연구하면 방법이 나올 겁니다. 옛말에 '인왕산 그늘이 십 리를 간다' 라는 격언이 있습니다. 아무리 가난해도 부잣집 옆에 살면 굶지는 않는다는 속담과도 같은 맥락이지요."

대구 활용! 이것은 내 목표이기도 하며 지역 발전을 위한 전략이기도 하다. 앞으로 하나하나 밝혀 나가겠지만 대구에 의존하지 않고는 군위는 살아갈 방법이 없다.

그 손님은 계속 말을 이어갔다.

"제 고향은 충북 충주입니다. 경북과 인접해 있고 옛날부터 왕래가 잦은 곳이라 정서가 경상도와 아주 비슷합니다. 그래서 말씀드리는 건데 먼저 하실 일은 의식의 전환이라고 봅니다. 제가 서울에서 활동하면서도 고향 충주에 내려가 수년간 방송국에서 지역 발전을 위한 칼럼을 방송하고 지역 인사인 선후배, 그리고 시장 등과 만나 의식개혁에 혼신의 힘을 기울였죠. 강의도 많이 했고요. 마음이 열려야 합니다. 의원님 같이 지역 걱정하시는 분들도 많아져야 하고요. 내 작은 이익에 매달리면 작은 이익만 얻지만 마음을 크게 열고 서로 희생하려 들면 나중에 큰 이익이 돌아옵니다. 특히 공무원 사회에 이 말을 많이 했습니다. 부패에 연루되지 마라! 항상 연구하고 공부하는 공직자가 되어라! 지역이 발전되려면 너 자신부터 발전하라— 등등 말입니다. 제가 박태준 전 총리와 아주 가까이 지내던 시절이 있었는데 총리께서 틈틈이 불러 국민들 정서, 생각, 사회 분위기를 제게 물어 보셨고, 저는 기탄 없이 전해 드린 때가 있었습니다. 그러면 총리께서는 귀담아 들으시고 크게 참작하셨습니다.

이런 어른들도 귀를 열고 사는데 지금 공직자 중에서 귀를 열고 사는 사람이 몇이나 되는지 모르겠습니다.”

낙후된 한 지역이 발전하려면 그 지역에 사는 사람들의 의식이 바뀌어야 한다.

옛날 박정희 대통령이 취임하여 제일 먼저 한 일은 ‘새마을 운동’이었다. 그리고 그 실천의 일환으로 내 집앞 청소하기, 도로 닦기 등 작고 소소한 일부터 시작했다. 그것은 나태하고 무력해진 국민들의 의식을 전환하기 위한 방법이 되었고 이로부터 새마을 운동은 농촌을 일깨우는 커다란 사업으로 확장되어 갔다.

이제는 우리 의식을 바꿀 차례가 되었다. 애향심을 길러야 하고, 단결해야 하고, 정직하고 부지런해야 하고, 눈을 크게 뜰 줄 알아야 한다. 그리고 어른 공경할 줄 알고 후학들을 잘 지도할 줄 알아야 한다. 이를 기반으로 사업체나 기관이나 새로운 시설을 유치하면 우리 군위는 반드시 잘 사는 마을이 될 것이다.

우리 군위를 찾아오신 이 손님은 느닷없이 위천이 이곳에서 먼 곳에 있느냐고 물었다. 수년 전 위천공단 건설문제로 부산지역과 심한 마찰이 있었는데 그때 이 손님이 이 지역 언론을 통해 위천공단 건설을 지지한 일이 있었다고 했다.

“위천공단 지역은 좀 멀지만 북쪽 위천은 가까이 있으니 거기라도 둘러보시겠다면 안내해 드리지요.”

그렇게 해서 위천을 들르게 되었다. 손님은 감회에 젖은 듯 위천을 둘러보았다. 그리고 차를 돌려 군위읍을 향해 막 떠나려는데 한 나이 많으신 여성분이 버스 정류장에서 떨며 서 있는 것이 보였다. 나는 그 노파를 차에 태워드렸다. 군위까지 가려는데 버스가 오지 않아 한 시간째 떨다가 그냥 집으로 돌아갈 생각을 하고 있던 참이라고 한다.

나는 마치 죄지은 사람처럼 얼굴이 뜨거워졌고 서울서 오신 손님은 기가 막히다는 표정이었다.

"한 시간이나 버스를 기다리셨어요? 몇 시간마다 오는데요?"

손님이 여쭤본다.

"버스가 두 시간에 한 번 와요. 정말 감사합니다."

차가 군위에 도착하여 노파가 내린 뒤에야 손님은 비로소 입을 열었다.

"정말 걱정입니다. 농촌이 이지경이 되다니요. 의원님께서 어떻게 대책을 마련해 보십시오. 읍에 한 번 가는 것이 이렇게 힘들어서야 어떻게 살겠습니까?"

"여러 가지 행정적 지원이 필요한데 정말 저도 가슴이 아프군요. 최대한 노력해서 해결책을 마련해야겠습니다."

사무실에 도착한 후 차를 한 잔 마시고 손님은 나와 굳은 악수를 나누고 헤어졌다. 마음 같으면 하루 더 잡고 싶지만 손님의 서울 일정이 이를 허락하지 않는 듯했다.

손님이 떠난 후에도 나는 쉽사리 일손이 잡히지 않았다. 열악한

우리 농촌지역이 다시 한 번 뼈에 사무쳤기 때문이다. 마음이 너무
나 쓸쓸했다.

'반드시 군위를 살려야 한다. 어떤 방법이든 살기 좋고 사람들이
찾아오는 고을로 만들어야 한다.'

나는 다시 한 번 나를 향해 결의를 다지고 있었다.

인재를 키워야 한다

한 지역이 발전하려면 이 지역 출신의 유능한 인재가 많이 배출되어야 한다. 인재를 많이 배출한 지역 치고 발전하지 않은 지역이 없다.

그러나 인재는 그냥 거저 얻어지는 것이 아니다. 꽃 한 송이를 가꾸는 데도 각별한 애정이 필요하고 꾸준히 지켜보는 인내가 필요하다. 하물며 인재를 키우는데 노력과 인내가 필요하지 않으랴!

세상에는 유난히 머리가 좋고, 또 노력하는 성실한 사람이 많다. 그러나 이것만으로 성공하지는 못한다. 여건이 따라주어야 한다.

우리가 잘 아는 정몽준 같은 분은 훌륭한 가정에서 태어나 경제적 걱정 없이 공부하여 오늘에 이르렀지만, 불행하게도 좋은 머리, 좋은 성품을 가지고도 환경이 열악하여 학업을 도중에서 포기해야 할 사람도 부지기수다.

삼성그룹의 이건희 회장의 말이던가? 유능한 한 사람이 수만 명을 먹여 살린다고. 나는 이 말에 적극 동의한다. 인재란 그렇게 소중한 것이다.

성공한 인재가 어린 시절 고향에서 도움을 받았다면 그 고마움을 평생 잊지 않을 것이다. 그리고 고향에 보답하기 위해 전력을 다할 것이다. 이것이 인지상정이다.

나는 오래 전부터 인재를 찾는데 혈안이 되어 있었다. 어려운 형편의 훌륭한 청년을 찾아 학업을 계속할 수 있도록 뒷바라지 해 주기 위해서다.

고향을 위해 장기적 투자를 하자는 뜻이고, 어려워 공부 못하는 젊은이에게 희망을 넣어주기 위해서다.

언젠가 나는 안타까운 한 여학생 소식을 듣게 되었다.(여기서 그 학생의 이름을 밝히지는 않겠다) 군위여고 학생인데 이 시골에서 하늘의 별 따기라는 서울대학교 입시에 합격하였다는 것이다. 그런데 안타까운 것은 가정 형편이 도저히 진학할 입장이 못된다는 것이다.

서울이나 대도시에서 내노라하는 고등학교에서도 서울대학 입학하기가 정말 어려운 실정인데, 시설 하나 변변히 갖추지 못한 이 시골에서 서울대 합격의 영광을 누렸다니 이 얼마나 자랑스러운 일인가.

나는 학교를 통하여 이 학생이 정말 우수한 인재라는 것을 확인하였고 입학금은 물론 4년간 학비 일체를 지원하기로 했다. 뿐만 아니라 앞으로도 그 누구라도 서울대에 합격하면 학비 일체를 지원하겠다고 공언했다.

비록 우리 군위군의 인재만이 아니라 국가적인 인재로 키우기 위한 결단이기도 했다.

나는 이 여학생의 학업을 지원하기로 한 날, 지나간 내 학창 시절을 곰곰이 생각하기 시작했다.

나는 경북 군위군 우보면 두북리 430번지 속칭 기와골이라는 시골에서 태어났다. 좀 더 자라서 초등학교(당시 국민학교)에 입학할 나이가 되어 부모님의 손을 잡고 우보초등학교에 입학하였다. 중학교는 인근 금성중학교로 진학하였는데 지금 생각하면 가장 가까운 학교가 금성중학교였기 때문이리라고 추측한다.

금성중학교를 졸업하고 고등학교는 대구로 가기로 어른께서 결정하셨다. 큰물에서 공부하라는 뜻으로 받아들였는데, 당시 지역 환경을 생각한다면 이건 대단한 혜택이었다. 진학 못한 학생도 있던 시절에 대구까지 간다는 것은 여간한 결단 아니면 이루기 힘든 일이었다.

나는 곧바로 대학진학을 하지 못했다. 공부는 내 평생의 원이었기 때문에 해병대에 자진 입대하여 명예롭게 제대한 후에 사회 일선에 뛰어들었고, 생활이 안정되고 나이도 먹을만큼 먹은 뒤에야 늦깍이 공부를 할 수 있었다.

이것만으로도 나는 뛸 듯이 기뻤다. 만학의 길이 얼마나 힘든지는 알지만 그동안 안타깝게 기다리던 학문을 이어갈 수 있었기 때문이다.

사람은 어떤 환경에서도 공부는 해야 하기 때문이다. 나는 너무나 행복했다. 이 공부로 지역에 봉사하는 계기가 되기를 진심으로 바랐다. 그리고 미약하나마 지금까지 우리 고향 군위를 위해 봉사하고 있다.

그래서 나는 우리나라 최고의 대학인 서울대에 합격한 학생들에 대한 애정이 누구보다 각별하다. 이들을 지원하는 것은 결코 대리만족이 아니다. 폼 내기 위한 것도 아니다. 오로지 인재 하나 키워보자는 순수한 뜻이며 내가 이루지 못한 꿈을 대신 이뤄 우리 지역을 빛내 달라는 순수한 마음일 뿐이다. 다행히 나는 그만한 경제여건을 갖추고 있기 때문에 도움이 가능했던 것이며 이것은 내 부친의 유업이기도 하다.

다시 인재 얘기로 돌아가자! 한 사람의 인재를 만난다는 것은 참으로 소중한 일이다. 그리고 이 인재가 나라의 지도자가 된다면 나라의 운명이 바뀐다. 역사가 그것을 증명하는데 바로 우리 민족의 위대한 지도자 박정희 전 대통령이 그분이시다. 한 사람의 능력이 민족과 국가를 바꿔놓을 수 있다는 훌륭한 본보기다.

나는 일부 몰지각한 진보파나 좌파 세력이 박정희 전 대통령을 폄하하기 위해 혈안이 되어 있다는 것을 잘 안다. 박 전 대통령에 대한 평가는 다음 장에서 밝히겠지만 대한민국에서 숨쉬며 살아가고 있는 사람이라면 그 누구도 그분을 함부로 평가해서는 안 된다.

내가 경북 사람이라 그분을 존경하는 것이 절대 아니다. 그분의 업적과 신념, 추진력, 능력을 우리는 바라보며 자랐고, 그 결과가 우리 민족을 가난에서 몰아냈기에 존경하고 추모하는 것이다.

앞서 잠깐 아버님에 대한 글을 썼지만 작은 마을에서조차 가난을 몰아낸 아버님을 잊지 못해 추모비까지 세우는데 한 나라, 한 민족의 가난을 몰아낸 박 대통령의 기념관 하나 세우지 못한 도의적 책임은 누가 질 것인가!

인재 얘기를 하다가 내가 잠깐 흥분한 것 같다. 지금 우리나라 진보파나 좌파들이 너무나 박 대통령을 헐뜯고 폄하하여 그만 흥분해 버리고 만 것이다. 또 지금 우리나라 상황이 나를 이렇게 만들었는지도 모른다.

아무튼 인재는 분명히 있고 이를 발굴하여 돕고 지원하는 것은 기성세대인 우리 몫이 분명하다.

서울대에 합격한 우수한 학생에게 장학금을 지급하는 것은 이미 드러난 인재를 키우는 방법은 되지만 잠재적 인재를 발굴하는 방법은 되지 못한다는 것을 알고 있다. 나는 서울대에 합격한 학생에게 장학금을 지급하기 전에 지역 교육여건을 개선하기로 작정하였다.

물론 옛날 내가 학교 다니던 시절과는 훨씬 좋은 조건을 갖추고 있지만, 대도시의 시설은 도저히 따라갈 수 없는 게 우리의 실정이다.

"보다 좋은 조건에서의 교육!"

이것에 초점을 맞춘 나는 우선 교육환경 개선을 위해 발족된 '군위교육발전위원회'에 수천 만원을 기탁하였고, 관내 각 학교에 장학금을 지급함으로써 우수한 어린 학생들이 돈에 쪼들리지 않고 공부할 수 있는 최소한의 여건을 마련해 주었다.

언젠가 이 어린 학생들이 국가와 사회에 크게 공헌하는 훌륭한 인재가 된다면 나는 지금 내가 하고 있는 일에 큰 보람을 느낄 것이다.

그리고 이들이 우리의 고향 군위를 위해 헌신한다면 우리 지역은 앞으로 어느 지역에 뒤지지 않는 훌륭하고 멋진 도시로 탈바꿈될 것이다.

무공해 기업이 들어서고 많은 일자리가 창출되고 지역 특산물이 외국으로 수출되는 그런 활기찬 군위가 된다면 젊은이들이 왜 떠나며 외지인들이 왜 찾아오지 않겠는가?

비록 작은 장학금이지만 이것이 밑거름이 되어 어린 소나무들이 쑥쑥 자라 군위를 위해 나선다면 나는 나를 태어나게 해 주고 군위, 그리고 아버님의 숭고하신 뜻에 어느 정도 보답하는 길이라 생각하고 있다.

어린 꿈나무들아, 그리고 이미 경쟁에 들어선 우리 지역 인재들아! 앞으로 어디에서 어떤 일을 하더라도 우리 자랑스러운 역사의 도시 군위 출신의 한 사람으로서의 긍지를 잃지 말고 고향을 위해 몸과 정신을 바칠 것을 간곡히 부탁한다.

　한국인 1등이 되어라, 세계적인 인물로 성큼 성장하라! '아무개가 대한민국이라는 나라 경북의 군위라는 지역 출신이라 하더라!' 라는 말을 세계인들로부터 들어라! 너희들이 태어나고 성장한 이 지역을 빛나게 만들어라. 너희 부모님들과 이 지역 어른들을 자랑스럽게 만들어라. 그러면 군위는 영원히 빛날 것이다.

스포츠의 힘

나는 고향을 지키고 있는 우리 젊은이들을 무척 사랑하고 아낀다. 만약 이들마저 고향을 등지고 떠나가 버린다면 아마도 얼마 지나지 않아 지도상에서 군위는 그 자취를 감추고 말 것이다.

경제적으로 열악한 상황이고 큰 비전도 보이지 않지만 이들은 묵묵히 고향을 지키고 있다. 나는 이들에게 무엇을 선물할 것인가를 늘 고민해 왔다.

여기서 생각난 것이 스포츠다. 스포츠는 개인의 체력을 향상시켜 주는 1차적인 목적이 있지만 부차적인 소득이 훨씬 더 크다.

특히 구기종목은 단결력을 향상시키고 애향심을 드높인다. 그래서 제일 먼저 생각한 것이 축구다. 어느 종목보다도 축구는 단결력을 요구하고 애향심을 높이며 우선 무엇보다도 운동하는 자체가 너무나 재미있다.

내가 해병대 시절 부대에서 틈틈이 축구를 즐겼는데 얼마나 재미있는지 속된 말로 사람 환장하게 만든다. 그리고 대한민국 국민 치고 축구를 모르는 사람이 없고 축구를 즐기지 않는 사람이 없다. 축구는 대한민국 국기(國技) 나 마찬가지다.

야구가 인기는 있지만 나는 야구보다 축구를 훨씬 더 높이 평가한다. 매우 역동적이며 전, 후반 90분 선수들은 쉴 틈 없이 그라운드를 누빈다. 골을 넣었을 때는 선수나 관전하는 팬이나 함께 고함을 지르며 즐거워하고 패배하면 선수나 팬들이 함께 슬퍼한다. 선수와 응원단이 혼연일체가 되어 함께 울고 웃는다.

이만한 흡인력을 가진 스포츠는 없을 것이다. 세계적으로 올림픽보다 더 많은 시청률을 올리는 스포츠는 단일 종목으로 축구밖에 없다.

축구의 힘이 얼마나 위대한지는 지난 2002년 한·일 월드컵을 통해 너무나 잘 알게 되었다. 온 국민을 하나로 묶어 열광케 했던 일은 아마도 대한민국 건국 이래 처음일 것이다.

나는 먼저 내 고향 군위에 스포츠를 정착시키기로 결심하고 1차 사업으로 축구협회 발전에 힘을 쏟기로 하였다. 이미 축구동호회, 협회 등이 있었지만 활성화되지 못하여 회장에 취임한 것이다. 이때가 1998년 7월 12일이다. 월드컵 개최 꼭 5년 전이다.

멋진 유니폼 한 벌 제대로 갖추지 못하고 공도 별 여유가 없는 동

일시:2004.4.17~18   장소:군위군민운동장
제10회 군위군민 생활 체육대회   祝
후원:군위군   주최:군위군생활체육협의회   주관:축구,탁구,테니스,씨름,게이트볼 (각 종목별연합회)
군 위 군 정
군위군 축구협회

제6대 군위군 축구협회장 취임식
·일시 2005   (토) 17:00   ·주최:군위군 축구협회

호회지만 막상 이들을 결집해 놓고 보니 실력이 이만 저만이 아니었다.

'흠! 잘만 갈고 닦으면 도내 어느 팀에도 밀리지 않을 것이다!'

나는 흥분에 들떠 있었다. 우리 작은 고을 청년들 축구 실력이 이 정도인 줄을 미처 몰랐던 것이다.

조기축구로부터 출발한 축구협회는 나날이 발전되었고 회원들은 기하급수로 늘어갔다. 이렇게 해서 나는 체육계와 인연을 맺게 되었고 이것을 출발점으로 본격적인 생활체육계에 뛰어들게 되었다.

젊은이들은 운동으로 하나가 되었고 운동으로 우의를 다져가기 시작했다. 이만큼 결속된 단체도 드물었다.

축구협회 발전은 다른 운동 동호회를 자극하여 볼링, 배드민턴, 테니스, 수영, 게이트볼 등 타 협회가 발전하는데 기여했고 나는 이들 협회 지원도 아끼지 않았다.

이를 인연으로 나는 군위군 생활체육협의회 회장으로 취임하여 본격적인 체육 육성에 나서게 된 것이다.

생활체육협의회 회장이 된 후 축구 다음으로 정성을 기울인 것이 게이트볼이다. 나이 드신 어른들은 별로 할만한 스포츠가 없다. 그러나 게이트볼은 나이 드신 어른들을 위한 운동이다. 나는 이 운동에 정열을 퍼부었다. 게이트볼 하면 군위를 떠올리게 할 욕심으로 가득 차 있었다.

군위는 갑자기 스포츠 붐이 일기 시작했고 나는 날이 갈수록 놀라움을 금할 수 없었다. 우리 군민들 운동 수준이 이렇게 높은 줄 몰랐던 것이다. 체계적인 훈련을 시작하면서 운동 실력은 눈부시게 성장하였다.

비단 구기종목 외에도 육상을 비롯한 타 분야에서도 실력은 급성장하기 시작했고 나는 내심 야망에 불타 오르기 시작했다.

나는 인구가 얼마 되지 않는 아프리카의 작은 나라가 월드컵에서 혁혁한 전과를 올리고 있다는 것을 잘 알고 있다. 최 빈민국인 에티오피아가 두 번이나 올림픽 마라톤에서 금메달을 획득한 사실도 잘 알고 있다. 그 나라들은 세계를 놀라게 했다.

나는 군위 스포츠가 경북을 놀라게 만들 거라는 자신감과 야망에 불타고 있었다. 인구 겨우 3만이 채 못되는 군 단위지역, 그리고 경제적으로 열악하기 짝이 없는 군위지만 우리의 단결력이나 소질 노력을 생각하면 결코 허황된 꿈은 아닐 것이다.

2005년 10월에 제15회 경북도민생활체육대회가 개최된다. 나는 이 체육대회를 목표로 삼았다. 각 종목별 회장들과 결속하여 실력을 향상시키고 선수를 선발하여 대비한다면 반드시 깜짝 놀랄 결과를 얻을 수 있다는 자신감에 차 있었다.

특히 이번 시합은 郡(군) 단위 대항으로 시합을 하기 때문에 한 번 해 볼 만하다는 자신감이 붙게 되었다. 거기에 뛰어난 자질을 가진 선수가 많아 큰 용기를 가지게 되었다.

그러나 이건 시합이다. 또 우리만 준비하는 게 아니다. 도내 모든

郡(군)과 시합하는 경쟁 구도다.

이제부터 필요한 것은 땀이다. 내가 스포츠를 좋아하는 것은 스포츠는 거짓말을 하지 않기 때문이다. 땀을 흘리면 흘리는 양만큼 실력이 쌓아진다. 그리고 그 결과가 흘린 땀을 보상한다. 땀을 많이 흘린 자가 승리하게 마련인 것이 스포츠의 승부 세계다.

운동시합에서의 승부 세계는 냉혹하기 짝이 없다. 지면 지는 것이다. 승리하면 승리하는 것이다. 여기에는 양보도 없고 선후배도 없다. 인간의 본능 중 하나인 이기려는 승부욕이 숨김없이 드러나는 것이 스포츠의 승부 세계다.

승리하면 환호성이 저절로 터지고 패배하면 눈물부터 쏟아지는 것이 승부 세계다. 왜냐하면 승부는 실력을 가리는 자존심 싸움이기 때문이다. 세상에 자존심 상하고 기분 좋을 사람이 어디 있겠는가. 더구나 이건 개인과 개인 그리고 출전하는 선수들의 고향과 고향의 명예를 걸고 하는 승부다.

물론 이번 도민생활체육대회는 그 목적이 친목도모와 체력증진에 있다. 그러나 순위를 매기는 시합인 만큼 승부는 승부인 것이다. 다른 지역에 밀려서는 체면이 서지 않는다.

다행히 출전 선수들도 이 점을 깊이 인식하고 있었다. 그래서 시간을 아끼지 않고 훈련하며 땀을 아끼지 않고 흘렸다.

'진인사대천명(盡人事待天命)' 이란 말이 있다. 우리는 최선을 다하여 준비했다. 그리고 그 결과는 하늘의 몫이다. 우리는 훈련을 끝내고 차분히 대회 날짜가 오기만 기다렸다.

2005년 10월 21일부터 23일까지 열전이 벌어진다. 군위의 명예를 걸고 출전할 종목은 다음과 같다.

　* 400m 릴레이

　* 열차경기

　* 게이트볼

　* 정구

　* 축구 볼링

　* 탁구

　* 테니스

　* 배드민턴

　* 단체줄넘기

이렇게 10종목에 145명의 선수, 그리고 30명의 임원 등 175명의 선수단으로 출전했다.

축구는 다른 지역에 비해 약세이지만 탁구와 정구, 그리고 단체줄넘기는 어느 정도 기대를 걸 수 있는 종목이었다.

시합은 안동체육관을 비롯하여 안동시민운동장 기타 보조 체육관에서 일제히 막을 올렸다.

나는 이 체육관, 저 체육관 선수와 임원들을 격려하며 쫓아다녔다. 입술이 부르틀 정도였지만 피로를 느낄 겨를도 없었다.

여기저기서 승전보가 올라왔기 때문이다. 축구가 조금 일찍 탈락한 것이 마음 아프지만 다른 종목들이 승승장구, 파죽지세로 올라가고 있었다. 예선을 통과하고 본선에서도 선전하여 임원은 물론 응원단을 흥분하게 만들었다.

3일간의 대 장정이 끝나 종합 순위가 발표되었고, 우리는 자랑스러운 눈물을 흘릴 수 있었다. 종합 3위라는 엄청난 결실을 거두었기 때문이다.

종목별 결과는 다음과 같다

* 열차경기/ 군부 종합 우승

* 단체줄넘기/ 군부 종합 우승

* 정구/ 군부 종합 우승

* 400m 릴레이/ 군부 종합 2위

* 탁구/ 군부 종합 2위

* 테니스/ 여자 군부 종합 3위

* 볼링/ 군부 종합 3위

그야말로 혁혁한 전과를 올린 셈이다. 지금 생각해도 어떻게 그런 훌륭한 성적을 낼 수 있었는지 꿈만 같다.

나는 선수들이 자랑스러웠고, 뒷바라지에 여념이 없던 임원들이

THE 15 RD GYEONGBUK COUNCIL OF SPORT FOR ALL
제15회 경북도민생활체육대회

자랑스러웠고, 우리를 죽어라 응원한 군민들에게 감사했다. 그리고 내 자신도 자랑스러웠다. 나 자신도 상상 못한 성적을 올린 것이다.

이제 경북 도내에서는 어느 누구도 우리 군위의 운동 실력을 함부로 평가하지 못할 것이다. 나는 선수들을 정말 뜨거운 가슴으로 껴안았다. 그동안의 고된 훈련과정을 누구보다 잘 알기 때문이다.

더구나 단 한 건의 안전사고도, 불상사도 일어나지 않아 깨끗하게 유종의 미를 거둘 수 있었다. 이것도 우리에게는 승리의 종목 중 하나라면 하나일 수도 있다.

우리는 자랑스럽게 팡파르를 울리며 돌아와 군민 모두에게 이 승전보를 보고해 올렸다.

참으로 감격스러운 순간이 아닐 수 없었다. 그러나 이 기쁨은 여기서 끝나지 않았다. 승전보는 계속 이어져 갔다.

제7회 국민생활체육경북도연합회 배드민턴대회에서 우리 군위 팀은 또다시 종합 우승이라는 쾌거를 군민들에게 알릴 수 있게 되었다.

도내 쟁쟁한 팀들을 물리치고 당당히 종합 우승을 한 것이다. 이로써 군위는 명실상부한 체육의 강자로 알려지게 되었다.

이미 게이트볼은 최강자로 군림하게 되었고 지금 실력만 유지된다면 탁구도 경북을 제패할 날이 얼마 남지 않았다.

다른 지역에서는 눈부신 우리의 실력향상을 경악의 시선으로 바라보지만 따지고 보면 그리 놀랄 일도 아니다. 우리는 먼저 남들보

다 몇 배의 땀을 흘렸고, 1천여 명의 자랑스러운 체육동호인 가족을 보유하고 있다. 이들이 흘린 노력의 대가로서는 오히려 당연한 결과인지도 모른다.

스포츠는 우리 군위의 자랑거리가 되었고 군민들이 단합하고 결속하는데 결정적인 역할을 해 주었다. 이제 앞으로 더욱 정진하여 다음 대회는 종합 우승을 노릴 것이다.

이것이 '군위의 힘' 이며 '스포츠의 힘' 이다.

범죄 없는 우리 군위를 위하여

우리나라는 국가 경제가 산업화되어 가면서 급속도의 경제성장을 이루었다. 물자는 풍부해지고 수입과 지출은 현저히 늘어갔다. 옛날과 비교할 수도 없이 모두가 잘 살게 되었다.

1970년대 초반만 해도 한 마을에 TV를 소유한 집은 불과 몇 채 되지도 않았다. 그러나 지금은 한 가정 한 대 정도의 자동차를 보유하게 되었으니 우리나라는 단숨에 경제대국이 된 셈이다.

이렇게 높은 경제성장을 보였지만 그러나 잃은 것 또한 만만치 않다. 모든 사고(思考)가 잘 살기로만 치닫다 보니 삶의 가치관이 변해 버린 것이다.

향락 문화가 발달하고 이기적 사고방식이 팽배해져 수천 년 이어온 한국적 전통이 붕괴되기 시작한 것이다. 다시 말해 경제적 풍요

를 누리는 것에 비해 정신적으로는 오히려 황폐해져가는 부작용을
초래한 것이다.

'어떻게 해서든 잘 살기만 하면 된다.' 모든 목표가 이렇게만 집
중되었다. 이제, 어떻게 인간답게 살고, 무엇이 인간다운 삶이냐 하
는 정신적 문화는 완전히 실종되고 말았다.

책이 팔리지 않고 범죄가 늘어가는 이유가 여기에 있다. 가치관
이 붕괴되었기 때문이다. 이렇게 된 데에는 분명한 이유가 있다.

우리는 '문명' 발전에만 집중했지 '문화' 발전에는 너무나 소홀
하였다. 좀 더 구체적으로 말한다면 자동차 기술과 자동차 문화를
들 수 있다.

얼마 전 보도에 의하면 현대·기아자동차 수출 실적이 세계 7위를
기록하게 되었다며 자랑스럽게 발표하였다. 그런가 하면 한때 우리
나라 자동차 사고가 세계 1위라는 부끄러운 발표가 있기도 했다.

자동차를 만드는 데는 세계적 기술을 보유하고 있지만, 자동차를
운전하는 문화는 '세계 꼴찌'라는 말이다. 이것은 예의를 중시하는
한국적 전통이 붕괴되었다는 좋은 본보기다.

정신문화가 급속한 경제성장을 따라가 주지 못하면 반드시 나타
나는 현상이 있다. 그것은 바로 범죄의 증가다.

이런 현상은 비단 우리나라에서만 발생한 것이 아니다. 영국이
산업화로 치달아 급속한 경제성장을 이룰 때 그랬고, 미국이 그랬
고, 생활이 엄격하고 근엄한 옆 일본도 2차 대전 패전 후 경제 속도

가 빨라지며 엄청난 범죄가 발생하였다. 일본도 그들만의 전통적 가치관이 붕괴되면서부터 이런 현상이 일어난 것이다.

중국을 보라. 죽의 장막이라며 국제사회에 전혀 모습을 드러내놓지 않던 중국이 등소평의 개방정책과 실리주의 선택으로 급격한 경제성장을 보이더니 불과 십수 년 만에 범죄 천국이 되어 버리고 말았다.

인간이 모여 사는 세상에 범죄가 사라질 수는 없다. 그러나 범죄를 줄일 수는 있다. 우리는 이제 그 방법을 모색할 때다.

나는 그동안 범죄문제 특히 청소년 범죄문제에 각별한 관심을 가지고 있었다. 가능하다면 범죄 없는 군위를 만들고 싶었기 때문이다.

오랜 역사와 지역 문화를 간직한 우리 군위에서 만큼은 범죄가 일어나지 않기를 바랐고, 범죄가 발생되기 전에 이를 예방할 수 있는 방법을 모색하기 시작했다.

2000년 9월, 나는 대구지방검찰청 의성지청 범죄예방위원회 군위회장에 취임하여 지금까지 각 지역 위원회 회원들 그리고 각 관련기관과 긴밀한 연락을 하며 업무를 수행하고 있다. 범죄는 미리 예방하는 것이 상책이다. 이를 위해 청소년을 선도하고 정서생활을 위해 협조하는 일이 우리의 주요 업무다.

그런데 이 일을 시작하며 알게 된 또 하나의 문제가 있었다. 범죄에 희생된 사람이나 가족들 중에는 참으로 도움이 절실한 사람들이 너무나 많다는 것이다. 당장 생활이 어렵다거나 누구와 상의 한 마디 할 수 없는 외로운 사람들을 말하는 것이다. 이들을 지원하는 단체가 있다는 것을 안 나는 2005년 2월 23일 '대구지방검찰청 의성지청 범죄피해자지원센터 본부장'으로 취임하게 되었다.

우리 군위는 법적 행정상 의성지청의 지휘를 받게 되어 있어 군위뿐아니라 관할지역의 모든 범죄 피해자를 지원해야 했다. 결코 쉬운 일은 아니지만 지역을 위해 희생하기로 결심하고 이 일을 맡았다.

이런 공로가 인정되었는지 나는 영광스럽게도 2005년 7월 8일 법무부 장관 표창을 받게 되었다. 참으로 기쁜 일이지만 나는 이 기쁨을 우리 군민과 협조하신 모든 분께 돌리고 싶다. 세상일은 무엇이든 혼자서 할 수 있는 일은 없다는 게 나의 주관이다.

현재 우리나라 범죄 현상을 보면 매우 지능적인 범죄와 이유 없는 범죄, 그리고 대형 범죄로 분류할 수 있는데 옛날에 비해 두드러지게 나타나는 현상은 범죄 행위자의 나이가 어려지고 있다는 것이고 또 하나는 경제 사범이 대형화되고 있다는 것이다.

어린 여자 은행원이 수십 억씩 은행돈을 훔쳐 도주하는 일은 다반사가 되었고, 사기 사건도 액수가 천문학적으로 늘고 있다. 여기에 살인사건, 폭력사건은 일일이 열거하기도 힘들 정도다.

이에 대한 책임은 물론 1차적으로 본인에게 있겠지만, 우리 사회 분위기도 범죄 증가에 큰 몫을 하고 있다. 빈부의 양극화, 사회 분위기의 무질서, 목적을 위해서는 수단 방법을 가리지 않는 풍토, 황금

범죄 예방위원 정기총회 및 한빛장학재단 창립총회
2003. 6.5

만능주의, 정서생활의 결핍, 도덕감 실종등 이런 사회 분위기가 전반적인 문제점을 야기하고 있다.

특히 정치권과 공무원 세계의 부패는 더 큰 책임이 있다. 가장 청렴해야 할 이들의 부패는 무엇으로도 용서해서는 안 된다. 공직자들이 부패하면 누가 범죄자를 처벌할 수 있겠는가. 그렇기 때문에 법이 있어도 법을 두려워하지 않는 세상이 된 것이다.

이런 사회적 문제를 극복하기 위해서는 종교단체와 교육기관이 이 문제에 대해 심각하게 생각하고 연구해야 할 과제로 본다.

나는 앞으로 범죄예방을 위해 이런 일들을 더 하려 한다. 훌륭하고 신망받는 어른들을 초빙하여 청소년들에게 강연을 듣게 하는

일, 도서관 장려로 좀 더 책과 가깝게 만드는 일, 과거 잘못하여 전과자가 되었다가 생각을 바꿔 사회에 훌륭히 적응한 성공 사례를 찾아 알려주는 일, 그리고 교도소의 청소년을 위해 봉사하는 일 등으로 청소년 범죄를 예방하는 방법을 적극적으로 모색할 것이다.

이런 일이 나 혼자만의 힘으로는 절대 불가능하다. 지역의 어르신들의 협력도 얻어야 하고 특히 신부님, 스님, 목사님 등 성직자 분들의 지원과 관심을 절대 필요로 한다. 또 경찰, 검찰 등 사법기관의 협조도 필요로 한다.

이들 모두가 유기적으로 움직여 청소년들을 선도하고 정서생활을 유도한다면 우리 군위는 틀림없이 범죄가 없는 지역이 될 것이다.

학교 폭력문제도 무시할 수 없는 사회문제다. 이 문제는 2005년 11월 10일 매일신문 '중부라이프매일'에 게재한 칼럼으로 대신하고자 한다.

※ 낙동강 메아리 ※

〈학교 폭력 만큼은 사라져야 한다〉

학교 폭력이 사회문제가 된 것은 어제오늘의 일이 아니다. 폭력에 시달림을 받던 학생이 스스로 목숨을 끊는가 하면 음료수에 농약을 타 친구에게 주는 등 심상치 않은 일들이 언론에 자주 거론되고 있다.

〈친구〉, 〈말죽거리 잔혹사〉란 학교 폭력을 소재로 한 영화가 크게 흥행에 성공한 후 이를 흉내라도 내듯 학교 폭력이 집단화, 조직화되고 있어 심각한 사회문제로 대두되고 있다.

특히 학교 폭력이 남학생에서 여학생으로, 고등학교에서 초등학교에 이르기까지 확산되고 있으며 그 유형도 금품갈취, 폭행, 심지어는 성폭행, 절도 강요, 원조교제 강요, 착취 등 상상을 초월하고 있다.

학교 폭력은 대다수가 학교 내에서 은밀하게 이뤄지거나 등하교 길과 학교 주변에서 주로 발생하고 있는 것으로 나타나고 있다. 가해 학생과 피해 학생이 같은 학교 학생들로 항상 마주 볼 수 있기 때문에 보복이 두려워 신고를 기피하는 주원인이 되고 있다고 한다.

피해 내용은 비교적 경미하나 가해 학생의 경우 영웅심리에 편승, 죄의식이 희박하여 상습화되어 가고 있다. 더욱이 피해 학생의 경우 학교에 대한 두려움으로 대화가 적어지며 학업능력이 저하되고 우울증 등으로 치유하기 어려운 육체적, 정신적 상처를 입는다.

장래의 희망을 잃고 방황하는 학생들을 위해 어떤 수단과 방법을 동원해서라도 학교 폭력 만큼은 예방해야 한다. 아니 근절시켜야 한다.

이런 학교 폭력이 피해 학생들의 신고 기피와 일선 교사들의 방관적인 자세로 실효를 거둘 수 있을지 의문스럽다는 사회 분위기를 우려한다. 학교 교사들의 적극적인 협조 없이 경찰의 단속만으로는 근절이 어렵다. 학교 폭력 예방을 위해서라면 기성세대들도 방관에서 적극적으로 대처하는 자세를 가져야 할 것이다.

학교의 명예를 위해서라면, 제자들의 장래를 걱정하는 참 스승이라면 팔을 걷어 부치고 이번 기회에 학교 폭력을 추방해서 학생 학습권리와 교권이 존중되는 면학 분위기를 조성해야 할 것이다. 피해 학생들의 신고와 가해 학생들의 뉘우침이 선행될 수 있도록 학교 분위기를 조성하는 사도정신을 발휘하여 설득하고 제보해야 한다. 이것이 진정한 사제의 정신이다. 학교 폭력은 학생들과 교사들이 제일 잘 아는 위치에 있기 때문이다.

학부모들도 자녀에 대한 각별한 관심과 사회적 중지를 모아야 하고 항상 대화로 자녀의 고충을 파악해야 할 것이다. 보복이 두려워 입 다물고, 처벌이 두려워 신고하지 않고 학교 명예가 실추되고 시끄러워진다고 모른 체하고 쉬쉬 하는 잘못된 자세가 상존하는 한 학교 폭력은 근절은커녕 더욱 기승을 부릴 것이다.

아직도 학교 폭력 당사자들이 학교 폭력의 심각성을 외면하고 모르는 불감증을 가지고 있다면 선량한 피해 학생들의 소리 없는 절규와 불량 학생들의 비웃음으로 면학 분위기는 더욱 황폐화될 것이 불을 보듯 뻔하다.

가해 학생이나 학교 당국은 시간이 해결한다는 잘못된 생각을 버려야 한다. 선량한 학생들이 학교 폭력에서 괴로움을 당하지 않을 때 우리의 꿈나무들이 미래의 날개를 활짝 펴고 창공을 향해 마음껏

날개짓을 할 것이다.

　우리의 앞날을 책임질 이들이 학교 폭력에 시달림을 받아 학업에 지장을 받는다면 이는 과연 누구의 책임인가! 학교, 사회, 가정 모두 반성해 볼 문제다.

　피해 학생 또는 가해 학생이 당신과 내 자녀일 수도 있다.

군위의 불교 문화 흔적

우리 경북은 신라시대부터 경주를 중심으로 불교를 찬란히 꽃피운 지역이다. 따라서 우리 군위군에도 찬란했던 불교 역사의 흔적이 여기저기 남아 있고 많은 불자가 부처를 봉양하고 있다.

우리에게는 보각국사 일연(一然) 성사가 거처하며 『삼국유사』를 남기신 인각사가 있고 군위군 부계면 팔공산에 제2의 석굴암으로 불리는 군위 삼존석굴이 있다.

이밖에도 잘 알려져 있지는 않지만 작고 아담한 유서 깊은 신흥사, 덕림사가 있으며 덕림사 오층탑은 귀중한 사적 자료로 알려져 있다.

나는 얼마 전 우연히 '선과'라는 분이 우보의 신흥사와 덕림사를 답사하고 남긴 글을 읽게 되었다. 글이 너무 좋고 재미있는 데다가 우보는 내가 태어난 곳이라 이 글을 보관하고 있었는데 이 글부터 먼저 소개하고자 한다.

글쓴이 '선과'

성질 더러운 나를 시험이라도 하듯 우보 신흥사 이정표는 보이지 않았다. 내가 미련스럽게 고집하는 답사 철학은 가능한 남에게 묻지 않고 동선이 잘못되어도 되돌아오지 않기인데, 동행인이 있으니 드러내놓고 육두문자도 내뱉을 수도 없고 속만 뭉그러진다.

오락가락, 좌우충돌, 지그재그 채 눈이 녹지 않은 이정표 없는 들길 산길을 흘떡거리며 95년식 애마에 채찍질을 가해 신흥사 중정에 도착하였지만, 적막강산의 절집이다. 아무리 살펴봐도 3층탑은 보이지 않는다. 한참 후 요사에서 예쁜(?) 보살님이 나오셔서 스님은 출타중이라며 무척 경계하는 표정이 역력하다. 3층탑 유무는 횡설수설이다.

탑은 있거나 말거나 신흥사는 요즘에 흔치 않은 가난하지만 조용한 절집처럼 보여진다 꼭 다시 오고픈…….

올라올 때 헛 바퀴질로, 내려가는 길이 은근히 걱정되었지만 잘도

굴러준다. 친구와 술은 오래 묵을수록 좋고 자동차와 마누라는 오래 묵을수록 편하다는 만고의 진리를 깨닫는 순간이었다.(우리 마눌이 이 글을 보면 웃을까? 이를 갈까?)

스스로 국보라 칭했던 무애 양주동 선생도 신혼 시절 한순간의 실수로 평생 마누라 눈치보며 살았는데, 일개 범부인 내가 하늘 같은 마누라 눈치를 보는 것은 당연한 사실 아닌가?

갈 길은 녹녹치 않은데 짧은 동짓달 하루해는 산 굽이를 넘어가고 있다. 유난히 바람이 심한 삼성면 하본리 덕림사는 단청이 요란하고 팔상도가 벽면에 그려져 있다. 비닐로 덕지덕지 요사 치장은 궁색하기 그지없어 보인다.

·······················
··········(중략)········

화려하게 중창 불사한 절집에 이런 오층탑이 있었다면 '오직 오층탑만이 옛스러움을 간직하고 있다.' 라고 나불대겠지만 덕림사의 오층탑을 보는 순간 '가난한 절집 탓에 처연하다?' 라는 느낌이 들었으니 이른 말이다.

덕림사 오층탑은 기단이 땅 속에 묻힌 1기단, 4개의 옥개석 받침, 1개의 모서리기둥 외형 등으로 고려 탑임을 알 수 있지만 100년 전 외국인에게 찍힌 사진 속의 우리 선조를 바라보는 듯하다. 그래서 눈여겨보면은 우리 옛 님의 지혜가 탑 전체에 솔솔 풍겨나고 있으니 옥개석과 몸 돌을 잘 살펴보기 바란다.

대웅전 앞에도 두기의 석등이 덕림사의 내력을 간직 한 채 객에게 손짓한다. 고집스러운 고풍 유지와 유연한 변신의 화두를 던지면서.
— (2005년 12월 26일 선과 씀)

'선과' 라는 분이 누구인지는 알 수 없지만 우리가 흘려 버린 암자 같은 두 사찰을 답사하며 신흥사와 덕림사의 정취를 너무나 아름답고 재미있게 표현하고 있다.

기회가 된다면 이분과 한 번 만나 흥건히 술잔에 취하고 싶다.

군위의 불교 자랑은 그 끝을 모른다. 가장 자랑스러운 곳은 보각 국사 일연 성사께서 그 유명한 『삼국유사』를 남긴 인각사이다.

일연(一然) 스님(1206~1289)은 고려 말엽 승려 학자로서 본명은 김견명(金見明)으로 경산 출신이다.

9세에 출가 입산하여 22세에 승과 급제, 42세에 선사(禪師), 55세에 대(大)선사, 72세에 충렬왕에게 법론을 강의하시고, 77세에 국존

(國尊)으로 추대되셨다. 78세에 조정에서 인각사를 수리하게 하고
토지 100경을 하사하니 이곳에서 『삼국유사』를 저술하시고 84세에
입적하셨다.

　이 위대한 업적을 남긴 인각사가 우리 고을에 있다는 것은 정말
너무나 자랑스러운 일이 아닐 수 없다.

　인각사에는 대선사께서 남기신 보물 같은 글이 있는데 인생사의
덧없음을 쓴 명시로 이 시(詩)를 소개한다.

　　快適須臾意己閑(쾌적수유의기한)

　　暗從愁裏老蒼顔(암종수리노창안)

　　不須更待黃糧熟(불수경대황량숙)

　　方悟努生一夢間(방오노생일몽간)

　　즐겁던 한 시절이 가 버리고

　　시름 묻힌 몸이 덧없이 늙었에라

　　한 끼 밥 짓는 동안 더 기다려 무엇하리

　　세상사 꿈결인 줄 내 이제 알았노라.

　이 글은 인각사 정문 앞에 있다. 인각사를 방문하실 기회가 있는
분들은 꼭 한 번 읽고 가시기 바란다.

　'세상사 꿈결인 줄 내 이제 알았노라.'라는 글귀를 읽으며 나는

옛날 고등학교 시절 읽었던 시 한 편이 머리에 떠올랐다. 1960년대 노벨문학상을 수상한 이태리의 신부 출신 살봐또레 콰지모도 시인의 대표작이다.

> 누구나 지축 위에
> 홀로 서 있나니
> 햇살 한 줄기 뻗쳤는가 하면
> 어느새 황혼이 짓든다.
> ―(황혼이 짓 들면 全文)

두 명작을 읽으면 사람의 허무를 그린 것 같지만 사실 깊은 속내에는 짧고 덧없는 세상에 살면서 사람이 할 일이 무엇인가를 찾게 하는 깊은 훈계가 들어 있다. 나는 언제나 이 두 편의 글을 가슴 깊이 묻어놓고 산다. 내 삶의 가치를 정립해 주는 글이기 때문이다.

이외에 절대 빠뜨릴 수 없는 자랑거리가 있으니 제2의 석굴암으로 불리는 '군위 삼존석굴' 이 그것이다.

군위군 부계면 팔공산에 있는 통일신라 초기의 석굴이다.

이 석굴암은 중국의 석굴양식이 신라에서도 시도되었음을 보여주는 주요한 예이다. 중국의 석굴양식이 경주 석굴암까지 이르는 경로

를 고찰하는데 중요한 불교미술사 자료이다.

—(다음 백과사전에서)

불교 문화의 중요한 역사적 사적지들이 즐비한 우리 군위는 이것만으로도 뿌듯한 자부심을 가질 수 있으며 좀 더 세상에 알려야 할 필요가 있다고 본다.

우리는 아직 발견하지 못한 이런 위대한 불교 문화가 더 있지 않을까 연구할 필요도 있다고 본다.

불도(佛徒)의 한 중생으로 살기

나는 우리 지역과 어머님의 영향으로 불교 신자가 되었다. 불교에 대한 깊은 공부는 없지만 인생의 가치를 나는 불교의 가르침에서 찾는다. 그렇다고 타종교에 대해 관심이 없거나 폄하하는 일은 절대 하지 않는다. 불교, 기독교, 천주교 모두 훌륭한 종교이며 신앙 본질의 끝은 모두 같다고 생각한다.

앞서 본 보각국사 일연 스님의 글과 이태리 시인 신부님이 보는 인생관이 어디가 다른가. 성경의 구약 〈전도서〉를 읽어 보라. 이 역시 같은 맥락의 신의 말씀이다.

붓다는 카필라의 왕 자리를 박차고 나와 보리수 아래서 뼈가 앙상하도록 명상에 잠겨 마침내 인간 구원의 본질을 깨닫게 되었다. 예수는 유대 민족의 왕이 될 수 있는 기회를 뿌리치고 남루한 옷 한 벌만 걸친 채 3년의 공생생활을 하며 신의 진리를 설파하다가 끝내 십자가에서 33년의 짧은 삶을 마쳤다. 두 성인께서 외친 진리의 핵심은 자비와 사랑이다. 그리고 인간 삶의 본질을 깨닫게 하는 것이다. 방법은 다르겠지만 구원으로 가는 길이 하나였음을 알 수 있다.

부처님의 가르침 중에서 쉽게 접할 수 있고 어디서나 읽을 수 있는 법구경을 나는 참으로 좋아한다.

여기서 나는 내가 좋아하는 구절 몇을 소개하며 불자로서의 내 삶을 소개하고자 한다.

不欺不怒(불기불노)

意不求多(의불다구)

如是三多(여시삼다)

死側生天(사측생천)

속이지 말라, 성내지 말라

많음을 구해 탐심을 내지 말라

이 세 가지를 법답게 행하면

죽어서 곧 천상에 가리니.

凡用必豫盧(범용필예노)

勿以損所務(물이손소무)

如是意日修(여시의일수)

事務不失時(사무불실시)

어떤 것이 자기가 해야 할 일인가

미리 생각하고 꾀하고 헤아려

그 마음을 다하고 힘써 닦아서

그 할 일의 때를 놓치지 말라.

惡自受罪(악자수죄)

善自受福(선자수복)

亦各須熟(역각수숙)

彼不相代(피불상대)

스스로 악을 행해 그 죄를 받고

스스로 선을 행해 그 복을 받는다

죄도 복도 내게 매이었거니

누가 그것을 대신해 받으랴.

법구경(法句經) 전부를 옮겨 실어도 모자랄 정도로 우리를 깨닫
게 하는 훌륭한 말씀이 법구경에 모두 수록되어 있다.

나는 내 인생을 어떤 기준으로 영위해 나가야 할 것인가를 생각할

때 이 세 가지를 언제나 꺼내든다. 용기를 내어 무엇인가를 결단해야 할 때도 이 글을 먼저 생각한다. 타인을 돕는 것도, 무엇인가 봉사를 한다고 해도 내 마음이 먼저 깨끗해야 한다.

지나친 욕심은 나를 망친다. 사람으로 태어났으니 욕망의 본능은 어쩔 수 없겠지만 이를 자제하게 하거나 한 번 더 심사숙고해야 할 일에는 이런 글들로 하여금 나를 지배하게 만든다.

돌아보면 우리의 인생이 얼마나 짧고 허망한지 모른다. 우보에서 초등학교 다니던 시절이 손을 내밀면 금방이라도 손에 잡힐 듯한데, 어느새 세월은 훌쩍 흘러 50을 넘겼다.

옛날 내 어릴 적 어른들께서 이런 말씀을 하시는 것을 들은 기억이 난다.

"세상에서 제일 빠른 것은 화살도 아니고 총알도 아니다. 세월보다 더 빠른 것이 또 있겠느냐. 세월이 유수 같다더니 나이 들어 생각하니 정말 세월보다 빠른 것은 없구나!"

일연 스님이나 살봐또레 콰지모도 같은 분들만 세월의 빠름을 한탄한 것이 아니다. 나이 들면 모두가 절감하는 말이다. 세월 흘러 나이 들면 세상사 모든 것이 헛되고 또 헛되다는 것을 깨닫게 된다.

천하의 영광이란 영광은 모두 누렸다는 솔로몬 왕도 세상의 헛됨을 이렇게 한탄했다.

전도자가 가로되 헛되며 헛되고 헛되니 모든 것이 헛되도다.

사람이 해 아래서 수고하는 모든 수고가 자기에게 무엇이 유익한고

한 세대는 가고 오되 땅은 영원히 있도다.

해는 떴다가 지며 그 떴던 곳으로 빨리 돌아가고

바람은 남으로 불다가 북으로 돌이키며 이리 돌며 저리 돌아 불던 곳으로 돌아가고

모든 강물은 다 바다로 흐르되 바다를 채우지 못하며 어느 곳으로 흐르던지 그리로 연하여 흐르느니라.

만물의 피곤함을 사람이 말로 다할 수 없나니 눈은 보아도 족함이 없고 귀는 들어도 차지 아니하는도다.

이미 있던 것이 후에 다시 있겠고 이미 한 일을 후에 다시 할찌라, 해 아래는 새것이 없나니

무엇을 가리켜 이르기를 보라 이것이 새것이라 할 것이 있으랴 우리 오래 전 세대에도 이미 있었느니라.

이전 세대를 기억함이 없으니 장래 세대도 그 후 세대가 기억함이 없으리라.

나 전도자는 이스라엘에서 왕이 되어

마음을 다하며 지혜를 써서 행하는 모든 일이 궁구(窮究)하며 살핀 즉 하늘 아래서 행하는 모든 일이 괴로운 것이니 하나님이 인생들에게 주사 수고하게 하신 것이라.

내가 해 아래서 행한 모든 일을 본즉 다 헛되어 바람을 잡으려는

것이다.

　―(전도서 1장~14장)

　솔로몬마저도 세상사 다 헛되고 헛되다고 한다. 그러나 뒤를 읽어 보면 그러니 하나님을 경외하는 일에 게을리하지 말라고 충언한다. 이것은 헛된 인생이지만 진리를 찾는데 게을러서는 안 된다는 말이다.

　세상이 헛되다고 허무주의에 빠져서는 안 된다. 살아 있는 동안 사람답게 사는 방법을 모색해야 한다. 그리고 실천해야 한다. 헛된 가운데서도 진리를 찾고 이웃을 보살피며 고통이 있는 자를 만나면 함께 나누어야 한다. 인생이 비록 짧더라도 인간의 가치는 찾으며 살아야 하며 이를 반드시 실천에 옮겨야 한다는 말이다.

　알기만 하고 실천하지 않으면 알고 있는 것이 아무 소용 없으며 실천하는 것에 사심이 있거나, 선심이라도 누구에겐가 보이기를 하기 위해서라면 그 선심은 무용지물이 된다.

　또 사람이 행하여야 할 도리가 있다. 이 도리는 사람이 꼭 행하여야 할 일로 기독교의 십계명처럼 하지 말아야 할 일을 말한다.

　이에 대해 부처는 이렇게 설파하셨다.

　부처님은 말씀하시기를, 衆生(중생)은 열 가지 일로써 착함이 되고 열 가지 일로써 악함이 되는 것이다. 어떤 것이 열 가지 일인고?

몸의 세 가지, 입의 네 가지, 뜻의 세 가지이니, 몸의 세 가지란 산 목숨을 죽이는 것과 남의 물건을 훔치는 것과 남의 여자를 생각하는 것이요, 입의 네 가지란 양쪽 사람에게 다른 말을 쓰는 것과 남을 저주하고 꾸짖는 것과 참됨이 없는 거짓말을 쓰는 것과 이치에 맞지 않는 말을 꾸미는 것이요, 뜻의 세 가지란 성질이 비루하고 탐욕이 많아 님의 잘 되는 것을 질투하는 것과 성질이 거칠어서 남을 미워해 성내는 것과 모든 일이나 이치에 어두워 깨닫지 못하는 어리석은 짓이다.

이 열 가지 일은 聖人(성인)의 도에 어긋나는 것이므로 열 가지 악한 행실이라 이름하는 것이니 만약 이런 악한 행실을 그치면 곧 열 가지 착한 행실이 되는 것이라.

또 부처는 이어서 이렇게 말씀하셨다.

부처님은 말씀하시기를, 악한 사람이 착한 사람의 말을 듣고 일부러 찾아와 어지럽게 굴더라도, 너는 참고 견디어 그를 성내어 꾸짖지 말라. 저 와서 나를 미워하는 사람은 자기 스스로를 미워하는 것이다.

보잘것없는 나 하나의 중생(衆生)이 어찌 부처님의 말씀을 다 이해할 수 있으며 어찌 그 가르침을 다 실행에 옮기랴! 하지만 가르침의 그림자 발끝이라도 따라야 한다. 그림자 흉내라도 내야 한다.

이타행(利他行)이라는 가르침이 있다. 남을 위해 일하라는 뜻이다. 작은 일이라도 남을 위해 일한다면 나는 불도(佛徒)의 한 중생(衆生)으로서 작은 기쁨이라도 누릴 수 있을 것이다.

나는 과거 불교 조계종 11교구 인각사 신도회장으로 봉직했었다. (2001.3~2003.12) 임기를 마쳐 물러나기는 했지만 부처 모시는 마음은 한결같다. 그리고 부처의 가르침을 언제나 가슴에 묻어놓고 산다.

내가 하는 일이 합당한 일인지, 정직하지 못한 일은 없는지, 나서야 할 때를 놓치는 어리석음을 범한 일은 없는지, 일을 감정적으로

처리하지는 않는지…… 스스로 자문하고 또 자문해 본다.

'불도(佛徒)의 한 중생으로 살기는 참으로 힘들다. 더구나 공인의 한 사람으로서…….'

나의 잘못은 부처의 가르침을 헛되게 하고, 수많은 불자들에게 누를 끼치게 한다. 지금 나는 공인(公人)의 한 사람이다. 많은 사람들에게 본보기가 되어야 한다. 또 나를 바라보는 수많은 눈동자가 있다. 그런데 내가 세상을 살면서 손가락질 받을 만한 일에 연루되어 보라. 어떤 비난이 쏟아지겠는가!

"도의원이라는 게 하는 꼴이란!"

"그럼 그렇지, 저는 사람 아닌가?"

"어휴, 저런 사람이 불자 회장이라고?"

이런 비난을 어떻게 감수할 수 있겠는가! 그런 면에서 항상 가슴 뜨겁게 채찍질하는 부처의 가르침에 늘 고맙게 생각한다.

개가 사람을 물면 이야깃거리가 안 되지만 사람이 개를 물면 황당한 이야깃거리가 될 것이다. 건달이 사람을 패면 그런가 보다 하지만, 스님이나 신부님이나 목사님이 사람을 패 보라. 어떤 사회적 물의가 일어나겠는가!

어려운 학생 도와주고 힘든 사람 지원하고 이런 저런 단체의 장이 되어 행사 때마다 앞장서는 내가 사회에 지탄받을 일을 저질러 웃음거리가 되어 보라. 돈 몇 푼 번다고 난척하더니— 감투에 눈먼 작자 아닌가?— 이 비난을 면치 못할 것이다.

아니다. 내가 그럴 수는 없다. 인근에 아버님 공적비가 서 있고 내 가슴에 도의원의 뱃지가 반짝인다. 나는 그 값을 해야 한다. 내가 내 자신을 다스리지 않으면 누가 이 나이의 나를 훈계하겠는가?

그러니 부처의 가르침을 마음에 새겨 두지 않을 수 없다. 그렇다고 소심해져서는 안 된다. 정직과 진실을 바탕으로 일할 때는 정열적으로 해야 한다. 나갈 때는 용감하게 나가야 한다.

앞서 부처의 가르침을 다시 한 번 상기한다.

어떤 것이 자기가 해야 할 일인가

미리 생각하고 꾀하고 헤아려

그 마음을 다하고 힘써 닦아서

그 할 일의 때를 놓치지 말라.

어떤 자리에 내가 있던 나는 이 여러 가르침을 바탕으로 일하며 살아갈 것이다. 인각사 신도회장을 역임한 나의 책임을 다할 것이다.

헛되고 헛된 세상살이에서 내가 할 일은 죽는 날까지 부끄럼 없이 열심히 살아갈 일이다.

09

민족의 이름으로 독도를 지킨다

우리나라 역사에서 해학을 가장 많이 남긴 학자가 있다면 그는 바로 오성과 한음일 것이다. 어린 시절 이들은 재치와 기지, 해학으로 어른들을 골탕 먹이며 웃고 울렸다.

독도를 말하며 엉뚱하게 오성과 한음을 꺼내 든 이유는 바로 이런 사건 때문이다.

옛날에는 두 집이 한 담을 사용하는 예가 허다했다. 한 줄의 돌담을 쌓고 그것을 경계로 두 집이 살아갔다.

오성의 집도 그랬다. 개와를 올린 담을 경계선으로 이웃 양반 집과 살아갔다. 이 오성의 집에 감나무가 있었다. 아름드리 기둥줄기에 가지들이 뻗쳐 있었는데 가을만 되면 가지에 보기에도 탐스러운 감이 주렁주렁 열렸다.

그런데 쭉 뻗은 가지 하나가 담을 넘어 옆집으로 뻗어갔고 그 가지에도 감이 열려 있었다.

하루는 오성이 서당엘 다녀오는데 이웃집 영감이 이 감을 따 그의 소쿠리에 담고 있는 것을 목격하게 되었다.

오성이 이 어른에게 항의했다.

"왜 남의 감을 허락도 없이 따세요!"

그러자 그 영감이 오성을 향해 힐끔 바라보며 말했다.

"이 나뭇가지가 담을 넘어 우리 집으로 건너왔으니 이 가지는 우리 가지며, 따라서 가지에 열린 이 감은 우리 감 아니더냐. 내가 내 감을 따는데 네가 웬 참견이냐?"

할 말을 잃은 오성은 두말 없이 돌아섰다.

그로부터 며칠이 지났다. 하루는 이 이웃 영감이 자신의 방에서 글을 읽고 있는데 문짝 창호지가 찢어지며 불쑥 주먹 하나가 튀어들어왔다.

깜짝 놀란 영감이 고함을 질렀다.

"게 누구냐. 네가 누구기에 남의 창호지를 찢고 주먹을 들이미느냐!"

"저는 오성입니다만 전 제 주먹을 들이밀지 않았습니다."

"고얀 것, 그게 네 주먹이 아니면 귀신 주먹이란 말이냐?"

"제가 오성인 것만은 사실이고 제가 팔뚝을 내민 것은 사실이지만 이 주먹은 제것이 아니옵니다."

"허—어, 네 팔뚝에서 나온 주먹이라면 그게 네 주먹이지 내 주먹이란 말이냐?"

"팔뚝은 제것이 분명 하옵니다 마는 주먹이 어르신 방에 들어가 있으니 어찌 제 주먹이라 우길 수 있겠습니까?"

'아차— 이 녀석에게 또 당했구나?'

영감은 며칠 전 담을 넘어온 가지의 감을 생각했던 것이다.

"알았다. 미안하구나. 옛다! 이거 감 값이니 받아가거라."

영감은 그 주먹에 엽전 몇 개를 쥐어주었다.

"그래 맞다. 그 감은 내 담을 넘어오기는 했지만 뿌리와 기둥이 네 집에 있으니 네 감이 틀림없느니라."

"히히히히, 감사합니다요. 그럼 전 물러가겠습니다."

그렇다. 뿌리와 나무기둥이 오성의 것이고 오래 감나무를 보살폈으니 감나무 가지가 옆집으로 조금 넘어갔다고 해서 옆집 감이 될 수는 없는 노릇이다.

나는 이 해학 이야기를 옆집 고집불통 오만불손의 고이즈미라는 일본 총리에게 들려주고 싶다. 독도의 뿌리가 우리나라에 있고 역사가 우리 땅임을 밝히고 있고, 수천 년 우리 땅으로 되어 있는데, 그리고 오랜 세월 우리가 보살피고 지키며 살아왔는데, 이제 와서 독도가 다케시마이며 일본 땅이라고?

망발도 유분수이지 이런 넋 나간 고집이 있단 말인가! 고이즈미가 노망이라도 들었단 말인가?

이도 모자라 일본은 정부 차원에서 다케시마의 날을 정하여 기념식까지 한다니 미치고 환장할 일이 아니고 무엇이란 말인가!

독도! 옛 우리 신라 이사부가 점령했던 우산국(울릉도)과 그 부속 섬 독도는 엄연히 우리 땅인데 어떻게 일본 땅 다케시마란 말인가?

아직도 대한민국이 일본의 침략에 점령당했던 그 점령기로 착각하고 있는 것은 아닌지 개탄스럽기 짝이 없다.

독도! 그곳이 어떤 곳인지 살펴보자.

* 행정구역: 경상북도 울릉군 울릉읍 독도리 산 1-7번지
* 위치: 울릉도 동남쪽 84.7 Km
* 역사: 서기 512년 신라 장군 이사부에 의해 신라 영토로 편입.
* 삼국사기와 조선왕조실록에 울릉도와 함께 우산국으로 기록.
* 현재: 독도에 주민등록이 된 주민이 있고 독도를 지키는 경찰 상주.
  바위에 태극기가 조각되어 있음.

분명한 대한민국 국토의 일원이다. 이 우리 국토를 일본은 1905년 시네마현 고시 40호로 우리 독도를 다케시마 즉 죽도(竹島)로 명칭을 바꾼 뒤에 임의로 일본 영토로 편입시켰다. 다음 1905년 을사

보호조약을 이유로 우리 주권을 찬탈하여 일본 국토로 뒤바뀌게 되었다.

그러나 1945년 일본의 패전으로 우리는 대한민국으로 주권을 되찾았으니 독도는 자연히 우리 영토가 된 것이다.

그동안 일본은 틈틈이 독도가 일본 영토라며 문제를 제기해 왔지만 우리는 이에 일체 대응하지 않았다. 그러나 일본은 집요하게 자기 영토임을 주장하더니 마침내 최근 이르러 일본 시네마현에서 독도 되찾기 운동이 벌어지고 독도의 날을 정하는 등 제2의 주권 찬탈을 꾀하고 있다.

극심한 외교 마찰을 일으키더니 이제는 아예 일본 정부 차원에서 독도의 날까지 정하며 도전해 오고 있다.

고(古)지도가 세계 도서관에서 속속 발견되고 이 지도에 독도가 '우산국' 으로 표기되어 있지만 일본은 논리성도 없는 일본 영토를 고집하고 있다.

지난 일제 치하 36년간의 주권 찬탈도 부족하여 광복 50년이 지난 이 시점에서도 독도를 자기 땅이라고 우겨댄다.

군사적, 경제적 여러 다목적 이유가 있어 독도를 포기하고 있지 못하지만 우리는 이를 결코 좌시하지 않았고, 온 민족이 일어나 일본을 규탄하기 시작했다.

나도 분연히 일어섰다. 뜻을 같이하는 동지들과 독도를 찾아가 역사왜곡에 혈안이 된 일본을 규탄하고, 독도가 우리 땅임을 만천

하에 알리는 일본 망발 규탄대회를 열기로 한 것이다.

먼저 머리띠를 만들었다. 머리띠 한가운데 태극기를 그려 넣고 나머지 여백에 '독도사수' 라는 글귀를 적어 넣었다.

어깨에는 '역사왜곡 규탄한다' 라는 글귀를 적어 둘러맸다.

포항을 떠나 울릉도를 향하는 뱃길은 차가웠지만 우리의 열정은 뜨겁게 달아오르고 있었다. 우리는 주먹을 휘두르며 그 유명 한 〈독도는 우리 땅〉 노래를 절규처럼 불러댔다.

민족의 가수 정광태가 부른 노래다.

울릉도 동남쪽 뱃길 따라 이백 리

외로운 섬 하나 새들의 고향

그 누가 아무리 자기네 땅이라고 우겨도

독도는 우리 땅— 우리 땅!

검푸른 파도와 맑게 트인 하늘을 가르며 우리가 탄 배는, 우렁찬 노래를 싣고 동해를 향해 가로지르고 있었다. 일제 36년의 한을 한 꺼번에 풀기라도 하듯 우리는 목이 터져라 노래를 불러댔고 '일본 은 반성하라' '망국적 발언을 삼가하라' '독도는 우리 땅' '고이즈 미는 사죄하라' '신사참배 때려치워라' 등의 과격한 일본규탄 구호 를 외쳐댔다. 이 함성이 동해를 건너 일본 땅까지 울리도록 목이 터 져라 외쳐댔다.

그렇게 외치던 우리는 마침내 눈물을 글썽이며 손에 손에 든 태극기를 휘두르며 애국가를 부르기 시작했다. 가슴 깊은 곳에서 용광로처럼 뜨거운 감정이 솟아오르는 순간이었다.

동해물과 백두산이 마르고 닳도록

하느님이 보우하사

우리나라 만세

무궁화 삼천리 화려 강산

대한 사람 대한으로 길이 보전하세—

"만세! 만세! 대한민국 만세!"

목에 피가 맺히도록 대한민국 만세를 외쳐댔다. 파도소리, 바람소리, 규탄 절규 애국가가 한데 어울려 일본을 향해 밀려가고 있었다.

마음 같으면 울릉도 독도를 거쳐 일본으로 달려가 도쿄 한가운데서 혈서라도 쓰고 싶은 심정이었다.

왜놈 군화에 짓밟힌 36년도 모자라 엄연한 우리 땅 독도까지 넘보다니 이런 천인공노할 인간들이 또 있단 말인가! 독립하겠다는 우리 조상을 살해하고 고문하고 재산을 빼앗고 심지어 민족의 혼이나 마찬가지인 우리 성(姓)까지 바꿔 버린 몰염치한 일본 아닌가!

반성을 모르는 이 염치없는 족속들을 어찌해야 한단 말인가!

우리는 모두가 하나가 되어 하늘을 향해 소리쳤다. 악에 받친 함

성이다.

"고이즈미는 자폭하라."

"독도는 우리땅!"

파도를 가르며 항해하던 배는 마침내 하나의 바위 섬 목전에까지
이르렀다.

저기 바로 저 앞에 장대한 녹색의 섬 하나가 보였다. 가슴에 찌르
르 전류가 흘러갔다. 저것이 어려서부터 배우고 지금은 이를 지키
기 위해 달려온 처음으로 보는 우리 땅 독도다.

하얀 등대와 역시 하얀 몇 채의 건물들이 보였다. 이곳에 상주하는 주민들과 경비병들이 숙소로 사용하는 건물이다.

이를 보는 순간 나는 나도 모르게 뜨거운 눈물이 주르르 흘러내렸다. 감격의 눈물이다.

하늘에 갈매기들이 꾸르륵 꾸르륵 날고 있다.

'저것이 지금 내가 지키려고 찾아온 바위섬 독도다.'

어찌 감격스럽지 않을 수 있겠는가! 나는 한동안 얼빠진 사람처럼 작은 바위섬 독도를 바라보고 있었다.

외형으로 본다면 독도는 보잘것없는 하나의 바위섬에 불과하다. 그러나 이 작은 바위섬 독도가 갖는 의미는 실로 엄청나다.

일본은 왜 국제적인 문제까지 야기시켜 가며 독도를 탐내는 것일까?

일본이 독도를 자기들 손아귀에 집어넣는다면 그들은 독도를 기점으로 자기 해역을 선포하게 된다. 그리되면 독도 인근의 황금어장은 일본 소유가 되고 우리 어민은 접근이 통제된다.

또 군사적으로 요충지인 독도에 일본은 강력한 해군을 파견하여 일본제국을 꿈꾸는 그들의 야욕을 채우는데 큰 힘이 된다.

그러나 이보다 더 큰 이유는 독도 일대 지하에 엄청난 천연가스가 매장되어 있기 때문이다. 메탄의 주성분인 하이드레트는 천연가스가 얼음처럼 고체화되어 있어 기존의 가스 매장량보다 수십 배 더 많다. 이는 매우 훌륭한 지하자원이 된다.

독도에 침을 흘리는 일본의 심정은 알 만하지만 이를 선뜻 건네줄 대한민국이 아니다.

그들이 강제로라도 독도를 점령하려 한다면 이건 정치적 분쟁이 아니라 곧바로 전쟁으로 몰아가는 심각한 상황을 불러올 것이다.

독도분쟁으로 일어나는 전쟁을 우리는 결코 피하지 않을 것이며 국제사회가 이를 용납하지 않을 것이다.

우리뿐만 아니라 사회 여러 단체 그리고 애국시민들이 독도를 찾아 궐기하는 것은 '독도는 우리 땅'이니 아예 초장에 포기하라는 일종의 압력 행사다. 일본 정부는 우리의 이런 결의를 결코 소홀히 해서는 안 될 것이다.

과거처럼 순순히 국토를 내줄 대한민국이 아니라는 것을 똑똑히 보여주는 것이 오늘 우리의 함성이다.

"일본은 오판하지 말라. 경거망동하지 말라. 독도는 우리 땅이다."

유비무환(有備無患)이 제일이다

도의회에서 나는 건설소방위원회에 소속되어 있다. 이 위원회에 배정되었을 때 내 머리에 제일 먼저 떠오른 것이 박 대통령의 그 유명한 말씀 '유비무환(有備無患)'이었다.

어떠한 재난도 미리 점검하고 예방한다면 사고가 나지 않거나 사고가 나더라도 최소화시킬 수 있기 때문이다.

재난에는 여러 종류가 있다. 어쩔 수 없는 자연 재해가 있고, 안전 불감증이 몰고 온 사고 재해가 있고, 그리고 테러에 대한 재해가 있다. 자연 재해를 우리는 천재(天災)라고 부르고, 부주의나 고의적인 테러로 발생하는 재난을 인재(人災)라고 부른다.

그러나 천재이건 인재이건 우리가 미리미리 대비하면 재해는 발생되지 않거나 재해가 발생되더라도 최소화시킬 수 있다는 것이다.

이를 일컬어 유비무환이라 부른다.

재난은 한 번 터지면 엄청난 인명과 재산 손실을 가져온다. 우리는 2004년 동남아에서 발생한 재해 쓰나미를 기억하고 있다. 이건 자연 재해다. 재산 손실은 말할 것도 없고 인명 피해만 15~6만 명이나 되니 역사상 유례를 찾기 힘든 재난이 되었다.

그런데 문제는 쓰나미가 돌발상황으로 발생하기는 했지만 이에 대한 교육이 전혀 되어 있지 않았다는 것이고 또 이를 감지할 만한 조사기구가 인근에 없었다는 것이다. 국가 간에 긴밀한 연락도 없었던 것이 이런 엄청난 재앙을 불러온 것이다.

우리 속담에 '소 잃고 외양간 고친다.' 는 말이 있다. 이 사건이 터진 뒤에야 이에 대한 연구가 시작되고 사전에 감지한 사실이 밝혀졌음에도 불구하고 왜 사전 통보가 없었는지를 조사하게 되었다. 소 잃고 외양간 고친들 이미 깨질 것은 다 깨지고 난 뒤였다.

2004년 겨울, 경부고속도로에 갑자기 폭설이 쏟아져 수많은 차량들이 도로에 갇히는 사고가 발생했다. 사람들은 추위와 배고픔과 갈증과 공포에 질려 있었다. 많은 시간이 흐른 뒤에야 관계기관에서 길을 뚫어 겨우 빠져 나왔고, 이들은 사전에 예방하지 못한 책임을 물어 책임기관을 상대로 손해배상 청구를 하기에 이르렀다. 조금만 세심하게 주의했더라면 충분히 예방할 수 있었던 자연재해였다.

아주 오래 전에 본 영화 한 편을 소개한다. 〈타워링〉이란 재난 영화인데 이건 인재를 다룬 영화다. 영화는 대충 이렇게 전개된다.

미국 대도시 어느 지역에 거대한 호텔을 건설하고 개업을 하게 된다. 옥상 스카이 라운지에서는 건물주가 VIP를 초대하여 거창한 개업기념 파티를 열고 있었다.

모두 이 호텔의 화려함과 아름다움을 칭찬하며 즐겁게 파티를 열고 있을 때 호텔 건물 중간지점에서 화재가 발생된다. 이 불길이 위로 번지면서 파티를 열고 있던 손님들은 목숨을 건 탈출이 시작된다.

화재로 호텔 건물은 초토화되는데 이 화재 발생의 원인이 너무나 어이가 없다.

건물 건설을 책임진 사람은 건물주의 사위가 맡았다. 그런데 이 사위가 자재비를 절약한다고 사양에도 없는 값싼 자재를 사용했고 이중에는 싸구려 전선도 포함되어 있었다. 이 값싼 전기줄이 호텔 전체의 전기량을 감당하지 못하고 과부하로 누전이 된 것이다.

건축비 몇 푼 아낀다고 건물에 맞지도 않는 전선에 그나마 불량품을 사용하여 건물 하나를 전소시키고 수많은 사람을 희생시킨 어이없는 일을 저지른 인재 영화다.

건설업을 하는 나는 이 영화를 보고 정말 많은 것을 느꼈고 지금도 잊지 못하고 있다.

이와는 조금 다른 것이 방심으로 발생된 사고 영화가 있으니 이것이 그 유명한 재난 영화 〈타이티닉〉이다.

　1900년대 영국 사우스 햄프턴이라는 항구에서 전례가 없는 세계 최대 여객선이 건조되었다. 이 배는 영국과 미국을 오가며 사람과 무역 물자를 실어 나르게 되는데 이 여객선이 바로 타이타닉이다.
　타이타닉이 완성되고 뉴욕을 향한 첫 출항이 시작되었다. 이 배의 선장은 오만으로 가득 차 있었다. 세계 제1의 여객선 함장의 오만이다. 그는 뉴욕에 보다 빨리 가기 위해 위험스러운 항해 노선을 선택하게 되고 기어이 빙산에 부딪쳐 침몰하고 만다.

　이미 영화화되어 많은 사람들이 알고 있기 때문에 영화 설명은 이 정도에서 그친다. 요점은 선장의 오만과 교만 때문에 일어난 재난이라는 것이다.
　그가 모든 문제를 검토하고 조심스러운 항해를 했다면 그런 끔찍한 사고는 터지지 않았을 것이다. 이 역시 방심이 부른 인재 중의 하나다.
　이렇게 재난은 잘만 예방하면 피해갈 수 있는 문제다. 옛날에야 과학이 발달하지 않아 천재지변에 대한 대책이 없었지만, 지금의 첨단과학은 사전 대비가 충분하다.
　일반사고도 조금만 주의하면 어느 정도의 충격을 줄이거나 피할 수 있다.

우리나라도 520억 정도를 투자하여 재난 시스템을 구축하고 있으나 별 효과를 거두지 못하고 있는 실정이라 한다.

지난 2001년 태백산맥에서 대 산불이 일어났다. 민족의 동맥인 산줄기가 불에 타 사라져 가고 있었다. 정부와 지방행정기관, 심지어 군부대까지 동원되었지만 진화는 거북이 걸음만 하고 있었다. 장비가 턱없이 부족했던 것이다.

근근히 산불을 진압한 뒤에야 산불 진화장비가 부족하다는 것을 깨달았고 전문인력이 절대 필요하다는 것을 알아차리게 되었다. 그 후에야 전문인력을 양성하겠다느니 전용헬기를 구입하겠다느니 예산을 올리겠다느니 법석을 떨었다.

이 모두 '소 잃고 외양간 고치기' 식이었다.

대구지하철 화재사건을 생각해 보자. 이 사건은 정신질환을 앓은 한 사람에 의해 저질러진 사건이지만 그러나 이 역시 인재라는 혹평을 면하지는 못했다.

단열재를 사용해야 할 의자를 비롯한 내부시설이 모두 불에 취약한 자재를 써서 더 많은 사람이 희생되었다. 사고가 터지고 사후 조사과정에서 이것이 문제화되었고, 그 후에야 전국 지하철에 불연자재를 투입하기 시작했다.

이런 문제점들이 사전에 파악되고 일찍 대비했더라면 희생은 훨씬 줄어들었을 것이다.

나는 지금 정부가 정말 지진에 대한 대비를 하고 있는지 궁금하다.

몇 년 전만하더라도 우리나라는 지진에 관한한 절대 안전지대로 믿고 있었다. 그러나 그 후 경남북 일대는 물론 충남, 강원 모두 지진의 피해를 입을 수 있는 지대로 판명되었다.

생각지도 않게 지진의 강도가 높아 건물이 쓰러지고 사람이 희생된다면 그때서야 이러니 저러니 말들만 무성할 것이다. 예방이란 사고가 터지기 전에 미리 대비하는 것이지 사고가 터진 뒤에 대책을 마련하는 것이 아니다.

그러므로 해마다 되풀이되는 가뭄, 홍수, 산불, 화재, 안전사고 등 재난을 조금만 주의하고 사전에 대비책을 세운다면 우리는 어떤 재난이라도 극복해 나갈 수 있을 것이다.

아래 글은 2005년 9월 '경북매일신문'에 재난 관리에 대해 쓴 글이다.

〈재난, 효율적 관리와 대책수립이 필요하다〉

지금 지구촌의 온 인류는 사상(史上) 초유의 재난 '인재(人災)와 천재(天災)' 발생으로 인해 절망과 공포 속에서 거의 아노미(anomie) 상태에 있는 실정이다.

테러에 의해 납치된 민간 여객기가 뉴욕의 세계 무역센터 빌딩을 들이받아 약 3천명이나 희생되었던 '9.11사건'이 불과 4년 전의 재앙으로 그 충격이 가시지 않은 상태에서 초대형 자연 재해인 허리케인 '카트리나'가 미국 남부 뉴올리언스를 덮쳐 도시 전체가 폐허가 되었고, 약탈과 방화, 폭행이 난무하는 그야말로 아비규환(阿鼻叫喚)의 생지옥이 되어 그렇게도 막나가던 세계 유일의 초강대국 미국을 하루아침에 재난정책 부재의 초라하고 창피한 나라로 만들어버렸다.

또한 6~7일, 한반도와 일본열도를 강타한 제14호 태풍 '나비'는 접근중 당초 예상의 진로가 동해 쪽으로 다소 변경되어 내륙지방에는 별 피해를 주지 않았으나 거제도, 부산, 울산, 포항, 울릉도 등 한반도 남동부 해안지방과 동해, 그리고 규슈(九州), 미야자기(宮岐), 사코쿠(四國) 등 일본 서부지역 일대에 강풍을 동반한 폭우로 막대한 피해가 발생하였다.

한편, 지난 2일 대구 수성구에서 발생한 다중시설 화재·폭발사고는 5명 사망, 3명 실종, 46명 부상 피해가 났으며, 이는 지난 1995년 상인동 가스폭발 사고(사망 101명, 부상 125명), 2003년 2월, 대구지하철 중앙로역 승객 방화사건(192명 사망, 148명 부상)과 함께 안전에 대한 경각심마저 망각한 대표적 인재(人災)라 할 수 있다.

차제(此際)에 재난의 효율적 관리와 대책에 대해 몇몇 제언(提言)을 하고자 한다.

첫째, 최근 감사원이 두 차례에 걸쳐 국가안전관리시스템을 점검한 결과, 지난 1996년부터 작년까지 무려 521억원이나 투입하여 만든 긴급재난 예보시스템이 체계적으로 운영되지 못하고 있음이 드러났으며, 재난대비 관련법 및 행정체계가 대단히 복잡다단하여 재난에 효율적으로 대응하지 못하고 있음을 볼 때 시급히 국가안전관리시스템(NDMS)을 완벽하게 정비·구축하고 복잡다단한 재난관리체계를 단일체계로 통합·운영해야 한다.

둘째, 이번에 발생한 제14호 태풍 '나비'나 허리케인 '카트리나'의 피해 규모를 볼 때 재난구조의 장비의 첨단화와 재난 전문인력 양성 및 증원 그리고 예산증액이 절대적으로 필요하다. 노후장비, 비전문인력, 열악한 예산으로는 결코 효과적인 재난관리를 할 수 없다.

셋째, 인명구조 및 물자, 장비 등의 원활한 지원을 위해 정확한 지리정보시스템(GIS)을 구축해야 한다. 우리나라에서도 지난 1994년부터 건교부에서 국가지리정보시스템 구축사업을 추진하고 있다. 건교부, 정통부, 산자부, 지자체 등 관련기관의 유기적 협조체제를 통해 지상 시설물과 상하수도, 전기, 통신, 가스, 지역난방, 송유관 등 7대 지하 시설물에 대하여 정확하면서도 과학적인 지리정보시스템을 구축해야 한다.

마지막 넷째, 재난의 기본정책을 사후(事後) 수습 중심에서 사전(事前) 예방 중심으로 전환해야 한다. 지난 5일, 경상북도의회 건설소방위원회가 안동소방서에서 재난에 대비한 사전(事前) 대응체계 구축상황을 점검한 것이나, 예천군 용궁면 가야리에 위치한 가야지구 수해 상습지 개선사업 공사현장의 확인, 그리고 경북 군위군이 민선 2기 출범 이후 군위의 젖줄인 위천과 남천을 비롯한 역내 소하천의 제방 개ㆍ보수로 하천 개수율을 57%에서 무려 74.2%나 끌어 올린 점이나 수해 상습지의 개선 및 항구적 복구 등 선진 치수정책이 바로 재난의 예방중심정책이라 할 수 있다.

인류의 역사는 재난과 항상 동반하여 왔다. 따라서 최대의 유비무환(有備無患)만이 재난을 최소화시킨다는 진리를 결코 간과해서는 안 된다.

그렇다. 재해 재난을 막는 일은 사전에 준비하는 것, 즉 유비무환을 항상 기억하고 실천하는 것뿐이다.

예산타령 하지 말자. 재난 재해를 당하면 그 이상의 재정 손실, 인명 손실을 입게 된다.

끝으로 음주운전 하지 말자! 음주운전만 하지 않아도 교통사고는 반으로 줄어들고, 운전중 휴대폰만 사용하지 않아도 아까운 인명을 많이 구할 수 있을 것이다.

공무원에게 들려주는 탈무드

정치계 관료 심지어 대학교까지 비리에 얼룩져 있지 않은 곳이 없다. 부패가 전역에 걸쳐 만연되어 있다는 뜻이다. 사건이 터지고 언론에 보도되는 것을 보면 지역의 말단 공무원까지 부패의 한몫을 차지하고 있으니 안타깝기 그지없다.

나는 우리 지역 공무원이 그럴 리는 없다고 생각하지만 노파심에서 한 마디, 정말 그런 일에 절대 휘말리지 말라는 충고를 하고 싶다.

옛날에는 일처리를 빨리해 달라는 소위 급행료가 유행했지만 요즘 공무원 사고는 해서는 안 될 범법행위 즉 해서는 안 될 문서를 직권으로 불법 처리하고 돈을 챙기는 것으로 바뀌었다. 나중에 이것이 문제화되면 돈을 건넨 사람이 뇌물을 먹였다고 폭로하고, 돈을 먹은 공무원은 형사처벌을 받는다.

우리는 언론을 통하여 이런 사례를 수없이 보아왔다. 작은 돈에 귀중한 인생을 망치는 것이다. 나는 탈무드에 나오는 우화 몇 편을 소개하고자 한다.

한 마리 여우가 있었다.

포도밭을 지나다가 잘 익은 포도를 보고는 그 포도를 따먹기 위해 포도밭 안으로 들어가려 했다. 그러나 울타리가 너무나 촘촘하기 때문에 들어갈 수가 없었다. 게다가 이 포도밭은 사람이 가꾼 밭이라 절대 들어가서는 안 된다는 것도 알고 있었다.

그러나 여우는 포도의 달콤한 맛의 유혹을 참지 못했다.

여우는 포도를 따먹을 것을 작정하고 포도밭으로 들어갈 꾀를 생각하기 시작했다.

"흠, 포도밭 울타리가 촘촘하니 한 사흘 굶어 몸을 줄인 다음 들어가면 되겠군!"

여우는 마침내 포도밭 앞에서 사흘을 굶었고, 배가 홀쭉 빠진 여우는 겨우 울타리를 비집고 들어갈 수 있었다.

포도밭으로 들어간 여우는 너무나 기뻤다.

여우는 탐스럽게 주렁주렁 열린 포도를 배가 잔뜩 부르도록 따먹었다. 포식을 한 여우는 이제 포도밭을 빠져 나와야 했다. 그래서 울타리에 머리를 집어넣고 빠져 나오려 발버둥쳤다. 그러나 여우는 빠져 나오지 못했다. 배가 너무나 불렀기 때문이다.

아무리 애를 써 보아도 소용없었다.

생각다 못한 여우는 이제는 사흘을 굶어 다시 뱃살을 뺄 수밖에 없었다.

다시 사흘을 굶는 고통을 겪은 뒤에야 겨우 울타리를 빠져 나올 수 있었다.

"들어갈 때나 나올 때나 마찬가지였군."

여우는 자신을 한탄하며 포도밭을 떠났다.

―(포도밭의 여우 중에서)

잠시의 달콤한 맛을 위해 엿새를 굶는 어리석음을 저질렀다. 어디 그뿐이랴, 굴에서 어미가 돌아오기를 애타게 기다리던 여우 새끼들은 틀림없이 눈이 빠지게 기다리다 결국 굶어 죽었을 것이다. 아니면 다른 맹수에게 잡혀 먹혔을 것이다.

먹어서는 안 될 것을 먹은 죄의 대가였다. 그리고 그 형벌은 너무나 가혹했다. 자신의 굴로 돌아간 여우는 분명히 가슴을 치며 후회했을 것이다.

먹어서 안 되는 것을 먹으면 이런 끔찍한 재앙을 만나게 된다. 먹어서는 안 되는 돈을 먹으면 이 바보 같은 여우처럼 비극을 당하게 된다. 잠시의 쾌락에 기분은 좋을지 모르지만 언젠가는 그 대가를 톡톡히 치르게 된다.

지금 현실은 불경기로 많은 젊은이들이 일자리를 얻지 못해 힘든 세월을 보내고 있다. 이에 비하면 공무원들은 안정되고 평생 보장된 일자리를 얻어 생활하고 있다. 뿐만 아니라 대우도 옛날보다 훨씬 좋아졌다. 무엇이 부족해서 비리에 연루하려 하는가?

한 번의 실수로 본인은 물론 죄 없는 가족들까지 고통을 받게 된다. 욕심을 버리고 지금 이 자리가 얼마나 소중한지를 깨달아라. 그리고 한눈 팔지 말고 계속 공부하고 헌신하고 노력해서 영광의 진급을 하라. 이것이 공무원의 참 길이다. 이를 정도(正道)라 한다.

어떤 사람이 깜깜한 밤길을 가고 있었다.

그때 저쪽 맞은편에서 장님이 등불을 켜들고 걸어오는 것이었다. 지나가던 사람이 장님에게 물었다.

"당신은 앞을 보지도 못하는데 등불은 왜 들고 가시는 겁니까?"

그러자 장님이 이렇게 대답했다.

"나는 비록 앞을 보지는 못하지만 눈 뜬 사람들은 내가 걸어가는 것을 알 수 있습니다."

—(장님의 등불 중에서)

여기에는 두 가지 깊은 뜻이 있다.

장님이 등을 들고 가는 이유다. 그 하나는 자신을 보호하려는 뜻이고 또 하나는 눈을 볼 수 있는 사람이 이 등으로 안전하게 갈 수 있다는 것이다.

"비록 내가 장님이기는 하지만 나는 캄캄한 길을 가는데 지장이 없으므로 눈 뜬 사람이 안전하게 가도록 등을 들고 가는 것이다."라고 말하는 것. 이것이 사랑이다. 이 장님은 앞을 보는 사람의 등대가 되어주었다.

지금 공무원은 민원처리를 하는데 있어 얼마나 친절하게 안내하고 있는가? 원하는 민원만 처리하는가? 아니면 알려주면 득이 될만한 것까지 친절하게 알려주는가!

이제는 옛날과 달라져야 한다. 능동적으로 일해야 한다. 친절한 것만으로는 부족하다.

아직도 일제시대의 잔재인 공직자 권위주의를 벗어나지 못하고 있는가? 먼저 민원을 해결하기 위해 나서는 보았는가? 민원인의 등대는 되어주는가?

장님처럼 행정에 깜깜한 사람들의 등대가 되어주어야 한다. 이것이 현대의 행정서비스다.

한 젊은 랍비(스승)가 현인을 찾아왔다.

조금 있으니 자신들의 문제를 상담하기 위해 부부가 찾아왔다. 현인은 이 부부에게 랍비가 상담중 같이 있어도 되겠느냐고 물었고 이들은 쾌히 승낙하여 상담을 들을 수 있게 되었다.

부부문제는 두 사람이 합석하게 되면 서로 자신의 주장만 옳다고 설전을 벌이기 때문에 두 사람을 따로따로 불러 상담하게 되어 있다. 현인도 그렇게 부부를 각각 한 사람씩 불러 상담을 받기 시작했다.

먼저 남편을 불렀고 현자는 그의 입장을 들어주었다. 장황하게 설명을 끝낸 남자를 바라보며 현자는 이렇게 말했다.

"너의 말에 충분한 타당성이 있다."

그리고 이번에는 아내를 불러 갈등의 내용을 들었다. 그리고 역시 같은 말을 해 주었다.

"너의 말에 충분한 타당성이 있다."

이들을 잠시 물러나게 한 뒤 현자는 랍비에게 물었다.

"이럴 경우라면 자네는 어떤 판결을 내리겠느냐!"

그러자 젊은 랍비가 되물었다.

"선생님 저는 도대체 이해가 안 갑니다. 두 사람이 서로 다른 주장을 하였는데 모두 옳다고 하시니 어떻게 판결하실 작정입니까?"

현자가 이 말을 듣더니 빙그레 웃으며,

"네 말도 옳구나."

하며 머리를 끄덕이는 것이다.

—(네 말도 옳다 중에서)

지금은 부부가 이혼을 청구하면 법원은 유예기간을 둔다. 좀 더 생각하라는 뜻이다. 그리고 이 방법은 효과를 보아 이혼율이 현저히 떨어졌다고 한다.

냉각기를 갖기 위해 시간을 벌자는 것이고 격앙된 감정이 수그러들면 누가 잘못인지는 알게 된다는 것이다.

공직에 있다 보면 이런 일들을 수없이 만나게 된다. 한 문제를 놓고 두 패가 갈라져 서로 자기에게 유리하게 해 달라고 떼거지를 쓴다.

이럴 때는 시간을 두고 마음이 가라앉을 때까지 기다리게 해야 한다. 그렇지 않으면 결국 해결도 못하고 싸움만 벌어진다. 초기에는 둘 다 옳다고 하는 것, 이것이 현명한 방법이다.

뇌물을 주는 자의 편에 들어서면 후에 똑같은 공범이 된다.

사람은 이 세상에 나올 때 두 손을 꼭 쥐고 나오지만 죽을 때는 그와는 반대로 죽을 때는 두 손을 펴고 죽는다.

이는 세상에 나올 때는 이 세상의 것을 모두 움켜쥐려 하기 때문이고, 죽을 때는 남아 있는 사람들에게 가지고 있는 모든 것을 다 남겨두고 아무것도 가지고 갈 수 없는 빈손으로 떠나기 때문이다.

—(빈손 중에서)

우리 동양에는 '공수래공수거(空手來空手去)' 라는 말이 있다. 빈손으로 왔다가 빈손으로 간다는 말이다. 국민가수 최희준의 노래에도 '인생은 나그네 길 빈손으로 왔다가 빈손으로 가는 것' 이라는 가사가 있다.

평소에는 죽음에 대해 별 생각 없다가도 가까운 사람이 죽었다는 말을 들으면 정말 사람은 '공수래공수거' 임을 절감하게 된다.

일하라. 열심히 일하라. 그러나 나중에는 빈손으로 간다는 것을 잊지 말라. 누구나 마찬가지이겠지만 특히 공무원은 청렴해야 한다고 믿는 사람이다.

어차피 빈손으로 떠나는 것, 양심을 저버리고 돈을 취한들 무슨 소용이 있겠는가. 열심히 일하고 절약해서 돈을 벌되 받아서는 안 될 재물을 받아서는 안 된다. 공직자의 제1원칙은 청렴결백이다. 이 진리는 옛날이나 지금이나 마찬가지다.

떠날 때가 아름다운 사람

'노병은 죽지 않는다. 오직 사라질 뿐이다.'

우리가 너무나 잘 아는 맥아더 장군의 국회 연설문 중에 나오는 말이며 지금까지도 인류 역사에 회자되는 명언이다.

맥아더는 2차 세계대전의 영웅이다. 아이젠하워 전 미국 대통령이 유럽의 히틀러와 벌린 전투에서 승리한 명장이라면 맥아더는 일본과의 전쟁에서 승리한 명장이다. 그러나 우리에게 더욱 친숙한 것은 북한의 불법 남침으로 우리나라가 최악의 위기에 빠져 있을 때, 그 유명한 인천 상륙작전으로 우리를 구해낸 인물이기 때문이다.

6.25 당시 미국 대통령이었던 트루먼과의 의견 충돌로 그는 한국에서 철수하여 미국으로 돌아가 현역에서 은퇴한다. 많은 사람이 맥아더가 정치에 입문하기를 원했고 대통령이 되라며 압력을 넣었

다. 그러나 그는 자신이 떠나야 할 때가 언제인지를 알았다.

국회에서 그는 은퇴 연설을 했고 그때 한 말이 이 유명한 말이다.

'노병은 죽지 않는다. 오직 사라질 뿐이다.'

만약 그가 욕심을 내어 대통령에 출마했다면 이 명언은 남지 않았을 것이다. 떠날 때 떠나지 못하면 그 끝은 오히려 지금까지 쌓아온 업적마저 모두 무너뜨리는 결과를 초래한다. 떠나야 할 때 떠났기 때문에 그는 더욱 위대한 장군으로 남게 되었다.

반대로 떠날 때 떠나지 못하면 그 욕망은 비극을 부른다. 우리는 역사적으로 그런 예를 수없이 찾아볼 수 있다.

가까이 우리의 이승만 대통령이 그랬다. 일제시대에는 독립운동가로, 해방된 뒤에는 반공의 일선에서 6.25 전쟁을 치른 위대한 국부(國父)이시다. 그러나 그는 떠날 때 떠나지 못하고 기어이 4.19를 야기시켜 권좌에서 쫓겨났다. 미국으로 망명한 그는 노년의 마지막 희망이었던 귀국의 꿈을 이루지 못하고 하와이 한 병원에서 쓸쓸한 일생을 마쳤다.

초대 대통령이며 숱한 위기에서 조국을 구해냈지만 지금 그에게 남겨진 이름은 독재자 이승만뿐이다. 다시 공과를 따지고 추모받아야 할 인물이지만 이제 그를 위해 나설 사람은 아무도 없다.

떠날 때를 알지 못해 비극적인 종말을 맞은 또 하나의 대통령이 있으니 그가 바로 민족의 태양이라 불리던 위대하신 박정희 전 대통령이다.

나는 언젠가 그분의 생가를 찾은 일이 있었다. 김재원 국회의원과 함께 동행했는데 의원님도 많은 생각에 잠겨 있는 것이 역력해 보였다. 아마도 나와 같은 감회였으리라!

절대빈곤 시절, 초근목피로 생계를 꾸려가야 했던 암울한 시절, 그는 민족중흥, 공업 근대화를 부르짖으며 홀연히 나타나 마침내 1970년대를 기점으로 우리 대한민국을 경제강국으로 탈바꿈시켰다.

고속도로를 건설하고, 구미공단을 만들고, 갯벌 포항에 제철공장을 세우고, 수출에 역점을 두어 오늘날 경제대국의 기틀을 마련하였다. 단군 이래 최고의 경제국이 되어 민족사에 길이 남을 대통령이 되었다.

외국에서 경이적인 한국 발전을 공부하기 위해 몰려들며 '한강의 기적' 을 부러워했다. 그러나 박 전 대통령도 떠날 때 떠나지 못했고 급기야 심복의 흉탄에 쓰러지고 말았다.

그런데 여기서 눈여겨보아야 할 일은 이승만 대통령이나, 박정희 대통령이 왜 떠나야 할 때 떠나지 못했나 하는 이유가 극명히 드러난다.

주위의 권력에 기생하는 사람들 때문이다. 이승만은 이기붕을 기점으로 하는 자유당 핵심 멤버들이 장기 집권하도록 부추겼고, 박 대통령은 차지철 등 주위 권력가들이 자신들의 야욕을 채우기 위해 종신 대통령을 고집했다. 이것이 빌미가 되어 비참한 참사를 당한 것이다.

필리핀의 마르코스 대통령이 그랬고, 그 부인 이멜다 여사가 그랬다. 잔혹한 폭군 네로는 자기 손으로 죽지도 못하고 애첩에게 간청하여 그녀의 손에 죽었다.

만일 맥아더 장군이 주위의 권고대로 정치에 발을 들였다면 오늘 같은 존경과 추모는 받지 못했을 것이다.

사람은 누구나 무대에 설 때가 있고 무대에서 떠날 때가 있다. 이것은 사람의 운명이기도 하다. 이 운명을 거스르고 아집과 노욕(老慾)으로 권력을 연장시키려 하면 그 끝은 반드시 아니함만 못하게 된다. 어차피 어떤 권력이든 어떤 자리이든 뜬구름처럼 사라지기 때문이다.

위대한 영국의 문호 셰익스피어는 그의 명작 〈맥베드〉에서 이렇게 말했다.

'인생은 걷는 그림자이며, 가련한 배우다. 잠시 동안 무대 위에서 그럴 듯하게 돌아다니지만 장면이 끝나면 흔적 없이 사라져야 한다.'

그렇다. 연극이 끝나고 막이 내리면 배우는 무대에서 떠나야 한다.

아쉽게 생각할 때 떠나야 한다. 미련을 버리지 못하고 집착하면 정말 미련한 사람이 된다.

왜 떠나야 할 때 떠난 사람이 아름다워 보일까?

영어의 '퍼서널러티(Personality:인격)' 란 말은 원래 그리스말의 '페르소나(Persona)' 라는 말에서 나온 것이라고 한다. '페르소나' 는 연극의 가면(假面)을 뜻한다.

확실히 인생은 이 세상에 있어서 사회적 계급이라던가 직업이라는 갖가지 가면을 쓰고 주어진 생애라는 무대에서 춤추고 뛰어다니는 배우와 같은 존재다.

인간의 배우라는 연기는, 연기를 조종하는 본능 즉 지배욕, 명예욕 같은 원초적인 본능에 의한 연기라 할 수 있다. 지배욕, 명예욕 같은 것은 자신의 실체를 숨기는 연기가 필요하다.

그러나 이를 버린다는 것은 이러한 본능을 억제하고 비로소 벌거벗은 자아로 돌아온다는 뜻이다.

'진정한 자기', '욕망의 본능을 버리는 진실한 자기' 를 찾는다는 것인데 이건 아무나 못하는 일이다.

자신의 가면을 벗고 온전한 자신을 찾으려는 것은 성직자같이 모든 것을 훌훌 털어 버릴 수 있는 자 만이 가능하다.

떠날 때 미련 없이 버릴 수 있는 용기에 사람들은 박수를 보내는 것이다. 지배욕의 본능적 욕망을 버리는 용기에 박수를 치는 것이다. 이것이 인간다운 모습이며 진정한 용기다.

이보다 더 아름다운 모습이 또 있을까? 떠나는 등의 모습이 아름다운 사람, 떠날 때를 찾아 떠나는 사람이 진정으로 용기 있는 사람이다. 모두로부터 박수를 받으며 떠나는 사람! 맥아더 같은 사람, 우리 역사에 길이 남을 송시열 같은 어른!

권력에 중독되어 미련하게 욕심 부리는 미련한 사람이 되지 말자.

대입(大入)을 준비하는 고3 학생들에게

벌써 여러분들은 고3이 되었습니다. 이제 11월이면 입시 지옥의 첫 관문인 수능시험이 시작됩니다.

지금까지 얼마나 열심히 공부했으며 얼마나 착실히 준비했는가에 따라 그 결과가 판가름 나겠지만 아무튼 좋은 점수를 얻는 학생과 그렇지 못한 학생들로 나누어질 것은 분명합니다. 저는 학생과 학부형 여러분과 함께 대학 진학에 대하여 함께 고민해 보고자 합니다.

오늘날 대학은 사회에서 성공하느냐 실패하느냐를 결정짓는 중요한 잣대가 되고 있습니다. 그래서 기를 쓰고 진학하려 하고, 그것도 알려진 중앙의 명문대를 가려고 발버둥칩니다. 이것이 오늘의 어쩔 수 없는 현실입니다.

그러나 시대는 바뀌었습니다. 진학할 대학을 고르는데 옛날과는 다른 기준이 생겼다는 말입니다. 명분을 위해 명문대로 가고 명문대 출신이라고 무작정 받아들이는 사회가 아닌 것입니다.

이제는 어느 학교를 나왔느냐가 아니라, 대학을 마치고 나서 사회에 진출하면 네가 할 줄 아는 게 무엇이냐를 따지는 시대입니다.

또 하나 중요한 것은, 명문대학이냐 아니냐가 문제가 아니라 내 적성에 맞느냐 아니냐, 그것도 학과를 선택하는데 매우 중요한 일이라는 겁니다.

저는 명문대학이지만 자신의 적성에 맞지 않는 학과로 진학했다가 낭패를 본 젊은이들을 많이 보았습니다. 억지로 졸업했지만 사회에서 적응 못하고 낙오자가 된 학생, 중도에 학교와 과목을 바꿔 시간과 돈을 낭비하는 학생들이 바로 그들입니다.

고생 고생해서 명문대학에 들어갔지만 오히려 역효과를 낸 케이스입니다. 명문대 합격했다고 받은 엄청난 축하가 아무 쓸모 없게 된 것입니다.

저는 주위에서 법과를 선택하라는 분이 많았습니다. 법조계로 진출하라는 뜻이겠죠. 그러나 법은 제가 공부하기에는 적성에 맞지 않는 것 같았습니다. 그래서 주위의 권유에도 불구하고 행정학을 선택하게 되었습니다. 그리고 이 선택을 아직 한 번도 후회해 본 일이 없습니다.

행정을 공부했기 때문에 제 고향에서 많은 봉사를 할 수 있게 됐고, 영광스럽게도 지역 여러분들께서 도의원으로 추대해 주서서 원활한 도 행정을 수행할 수 있었습니다.

결과론이기는 하지만 만일 내가 적성에 맞지도 않는 법과를 선택했더라면 고시패스도 못하고 인생을 표류하며 보냈을지도 모릅니다.

선생님과 학생, 학부모님은 무엇보다 먼저 학생의 적성과 수학(修學)능력을 면밀히 검토하여 학생에게 맞는 학교와 학과를 선택해야 할 것입니다.

가능하면 중2나 3 때부터 미리 학교를 정해놓고 공부하는 것도 좋은 방법일 것입니다. 목표가 정해지면 목표를 위해서라도 더 열심히 공부하기 때문입니다.

이제 실력이 부족하여 대입에 실패한 학생에게 말씀드리고자 합니다.

좌절하지 마십시오. 능력이 되면 재수를 해서라도 이 실패를 만회하십시오. 옛말에도 한 번 실수는 '병가지상사(兵家之常事)' 라고 했습니다. 즉 한 번 정도 실수는 언제나 있는 법이란 말입니다.

그리고 절대 학문을 포기하지 마십시오. 공부는 할 수 있을 때 해야지 젊은 기회를 놓치면 참으로 만회하기가 힘듭니다. 공부야 평생 하는 것이지만 책을 들고 씨름하고 머리를 썩히며 암기해야 하는 공부는 나이 들어 하기가 정말 어렵습니다.

그래서 다음 기회에 다시 도전하여 원하는 대학에 입학하시기 바랍니다.

마지막으로 가정 형편상 진학하지 못하는 학생들에게 간곡히 부탁드립니다.

가난은 죄가 아닙니다. 그러나 공부를 포기하는 것은 자신에게 가장 큰 죄를 짓는 것입니다. 먼저 하루빨리 군복무의 의무를 이행하십시오. 무사히 제대하여 열심히 돈을 버십시오.

공부하느라 입대가 늦어지면 그건 괜찮습니다. 공부를 마친 뒤의 입대는 나라가 인정하는 방법입니다. 열심히 공부해서 대학에 가십시오.

일해서 돈이 모이거든 연애질, 술판, 쫓아다니지 말고 다시 공부를 준비하십시오. 나이 들어 공부하기가 무척 힘드실 겁니다. 그러나 도중하차하지 마십시오.

재산이 있다고 공부를 할 필요가 있겠느냐는 생각은 아예 하지 마십시오. 주머니 무게보다 머리 무게가 무거워야 사람입니다.

이미 어른들은 공부를 포기한 사람이 많겠지만 여러분 세대는 그렇게 살아서는 안 됩니다. 정규학교를 다니기 힘들면 독학이라도 하십시오. 마음에 드는 서적을 구입하여 집에서 혼자라도 읽고 공부하십시오.

그리고 비판능력도 키우고 자신만의 학문에 즐거움을 느끼십시오. 화투 치고 술 마시며 헤롱대는 것보다 훨씬 가치 있고 보람 있는 일입니다. 그리고 그것이 얼마나 재미있는지 여러분은 곧 느끼실 겁니다.

대학에서 공부하는 일반 교양학 정도는 혼자 얼마든지 마스터할 수 있습니다. 그러면 다음 여러분이 더 공부하고 싶어지는 것이 분명히 생길 겁니다. 그럼 더 하십시오. 가슴 뿌듯한 행복도 느끼실 것이며 대학 못 다닌 아버지로서의 체면도 서실 겁니다.

대학엘 가든, 못 가든 책과 헤어지지 마십시오. 이것이 세상에 태어난 보람일 겁니다.

따로국밥과 두 개의 우화

　식당에 가면 국과 밥이 따로 나오는 한식을 '따로국밥'이라고 부른다. 그리고 우리가 통상 '따로국밥'이라고 회자하는 것은 뭉치지 못하고 각자 따로 논다는 것을 빗대어 하는 말로 쓴다.

　가령 '부부가 따로국밥이다' 하면 부부가 융합하지 못하고 각자의 생각대로, 각자가 멋대로 산다는 의미로 해석되는 것이다.

　해방 후, 좌우익이 극렬한 대립을 보이고 있을 때 초대 대통령이었던 이승만 박사는 이런 유명한 말을 남겨 국민의 교훈으로 만들었다. 바로 '뭉치면 살고 헤치면 죽는다.'라는 국민 결속만이 나라를 살리는 길임을 강조한 말이다.

　우리 군위도 마찬가지다. 군민과 관공서가 따로 놀고, 농민과 농협이 따로 놀고, 군청이 군의회와 따로 놀고, 이들이 자기들만의 집단 이익에 빠져 협력하지 않는다면 군위는 마침내 붕괴되고 말 것이다.

반대로, 모든 기관이 유기적으로 협력하고 어려운 일을 합심하여 풀어간다면 무슨 일인들 못하겠는가? 특히 행정관리들이 마음을 털고 군민에게 접근해 가고, 군민의 아픔을 먼저 알아차려 해결해 준다면, 그리고 군의회가 이를 적극 뒷받침해 준다면 군위는 한결 나은 지역이 될 것이다.

불교에 전해지는 교훈적 우화 두 가지를 소개하며 협력의 중요성을 다시 한 번 강조한다.

〈두 그루 나무 이야기〉

강을 끼고 있는 어느 아담한 마을에, 한 청년이 미루나무 묘목 두 개를 구해와 바람 불고 햇볕 잘 드는 강가에 심었다. 그리고 정성을 다해 키웠다.

처음 1년은 잘 자랐다. 뿌리도 제법 땅 깊이 박았고, 가지도 제법 굵게 자라고 있었다. 나날이 커 가는 나무의 푸른 잎들을 바라보며 청년은 매우 흡족해 했다.

그런데 2년이 채 안 되어 이상한 일이 벌어지기 시작했다.

한 나무는 더 깊게 뿌리박으며 쑥쑥 자라고 있는데 비해, 한 나무는 잎이 시들고 가지도 약해 점점 말라가고 있었다. 이대로 가다가는 아예 죽어 버릴 것만 같았다.

청년은 도무지 이해할 수 없었다. 두 나무 모두 한 곳에서 얻어온 묘목이었으며, 기후 조건도 같아 이렇게 다르게 성장할 이유가 없었던 것이다. 더구나 강가에 있어 수분이 부족한 것도 아니다.

메말라 죽어 가는 나무를 바라보며 청년은 안타까워 발을 동동 굴렀다.

"도대체 이유를 모르겠단 말이야. 똑같은 조건에서 똑같이 정성을 들여 키웠는데 하나는 너무나 훌륭히 자라고 하나는 메말라 죽어가다니."

그렇게 시름에 젖어 있을 때, 이 마을에 한 나이 많은 현자(賢者)가 찾아왔다.

몇 년에 한 번씩 찾아와 좋은 말씀을 많이 들려주는 이 현자를 청년은 반갑게 맞아주었다.

"스승님 오랜만에 들르셨네요. 건강은 좋으시고요?"

스승이 청년의 얼굴을 한참 들여다보더니 머리를 절레절레 흔들어댔다.

"뭐가 고민인가, 얼굴에 수심이 가득하니!"

"잘 보셨습니다. 사실은……."

청년은 비로소 두 그루의 나무 이야기를 들려주었다.

"제가 너무나 정성을 다해 키운 나무인데 이유를 모르겠습니다. 혹 스승께서 아신다면……."

"그래? 그럼 그 나무가 있는 강변으로 가 보자꾸나."

그렇게 해서 두 사람은 강변에 도착했다. 스승과 청년은 잘 자라는 나무 그늘에 앉았다.

두 나무를 번갈아 바라보던 스승의 얼굴에 미소가 떠올랐다. 그리고 입을 열기 시작했다.

"이건 네 책임이 아니야. 나무 스스로에게 문제가 있었어. 자, 그럼 왜 한 나무는 잘 자라고, 한 나무는 죽어 가는지 말해 주겠네. 먼저 죽어 가는 나무부터 말하지."

두 나무는 처음에는 같이 잘 자랐다. 그런데 잎이 트이고 뿌리와 가지가 굵어지기 시작하면서 한 나무에 갈등이 생기기 시작했다. 자중지란(自中之亂)이 일어난 것이다.

먼저 뿌리가 나뭇잎에게 불만을 토해냈다.

"야! 잎아, 너는 하루종일 따듯한 햇살을 받아 푸르게 자라고 있는데 나는 이게 뭐냐! 캄캄한 땅 속에서 바위틈을 찾아 하루종일 물을 길어 올려 너와 가지에게 보내야 하다니, 축축하고 습기 찬 땅을 헤집는 나와 햇볕 즐기며 살랑 살랑 춤추는 너는, 나와 너무나 차이가 크지 않느냐. 억울해서 못살겠다. 이제 다시는 힘들여 물을 길러 올리지 않을 것이니 그리 알아라."

그러고는 다시는 뿌리를 내리지 않았다.

그러자 이번에는 잎이 뿌리에게 반발하며 말했다.

"무슨 이런 말도 안 되는 수작을 하냐! 나는 비바람 맞으며, 때로는 형제를 잃어가며 햇볕을 받아 영양소를 네게 보내주는데…… 만일, 내가 햇볕을 받지 않는다면 너도 살아남지 못할 것이다."

이렇게 말하며 잎을 움츠리기 시작했다.

그러자 나무기둥이 화를 내며 엄포를 놓았다.

"너희들이 이렇게 싸우면서 영양을 공급하지 않으면 나도 살아야 하겠으니 몸을 줄여야겠구나."

이렇게 해서 한 그루의 나무는 점점 시들어가고 있었다. 그러나 다른 한 나무는 그와 전혀 다른 생각을 하며 자라고 있었다.

먼저 나뭇잎이 뿌리에게 말했다.

"뿌리야 고맙구나. 네가 어둡고 음습한 땅 속에서 쉬지 않고 물을 길러 올리니 내가 쑥쑥 자라서 햇볕을 받을 수가 있지 않니? 나도 열심히 햇살에서 영양을 받아 네게 보내줄 테니 힘을 내서 뻗어라."

그러자 뿌리가 잎에게 말했다.

"그게 무슨 소리냐. 나는 땅 속에 있어 한겨울 추위도 잘 피하고 있고, 더운 여름에도 시원한 물기 속에 있어 더위를 모르며 지나고 있잖니. 너야말로 비바람 고스란히 맞고 뜨거운 햇볕 고스란히 받아가며 영양을 받아 내게 보내주니 이 고마움을 어찌 다 갚을 수 있겠느냐. 열심히 땅을 파서 물을 길어 올릴 테니 어서어서 무성히 잎을 틔워라!"

그러자 이번에는 나무기둥이 잎과 뿌리를 향해 말을 걸었다.

"너희들이 이렇게 협력하여 물과 햇볕 영양을 공급하니 이 허리로
만은 부족하구나. 나도 허리를 굵게 만들어 통로 역할을 다할 테니
어서어서 일하거라."

이렇게 해서 또 하나의 나무는 쑥쑥 자라고 있었던 것이다.

스승이 웃으며 청년을 바라보았다.

"이제 알겠느냐? 저 죽어 가는 나무는 어차피 살기 틀렸구나. 마
음 고생하지 말고 포기해라. 가서 차라리 베어 버리는 게 나을 것
같구나."

이렇게 해서 집안 싸움을 벌이던 나무는 날카로운 톱에 잘려 죽음
을 맞게 되었고, 한 나무는 더욱 사랑을 받으며 아름드리 나무로 자
라게 되었다.

〈향기나는 꽃 이야기〉

한 마을이 있었다. 마을 뒤에는 제법 큰 산(山)이 있고 앞에는 강
이 흐르는 아주 아름다운 마을이었다.

그런데 이 마을은 오랜 동안 가뭄과 홍수의 악순환에 시달렸고,
이 재난이 끝나자 다시 역병이 돌아 많은 사람이 앓거나 병들어 죽
어갔다.

마을 사람들은 생각다 못해 온 마을이 합심하여 하늘에 자신들의

잘못을 비는 제(祭)를 지내며 그간 마을의 화평을 이루지 못하고 늘 갈등만 일삼아 온 죄를 뉘우쳤다.

어른들은 일주일간 육류와 술을 마시지 않았고, 아내와 동침하지도 않았다.

그렇게 제를 지내며 갈등을 씻고 욕심을 버리며 새 생활을 시작했다.

그런데 이상한 일이 벌어졌다. 비도 오지 않는데 찬란한 무지개가 뜨더니, 다음날부터 산에서 알 수 없는 향기가 번지기 시작했다.

사람들은 하늘에 감사했고 더욱 이웃을 아끼고 협력하며 살았다. 산의 향기는 어디서 시작되는지 알 수 없지만, 이 향기만 맡으면 앓던 사람도 벌떡벌떡 일어났다. 그리고 힘이 솟았다. 그래서 사람들은 시간만 나면 산에 올라 이 향기를 맡았다.

몇 해의 세월이 흘렀다.

그리고 이 생활에 너무나 익숙해졌다. 그 즈음 마을의 한 사람의 마음에 욕심이 생기기 시작했다.

'이 향기가 어디서 나는지 알아야 하겠다. 향기의 근원을 찾아 집으로 가져오면 우리 집은 큰돈을 벌 수 있을 것이다.'

이렇게 마음먹은 사람은 마을 사람들 몰래 산으로 올라가 향기의 근원을 찾아 헤매기 시작했다. 그리하여 마침내 바위틈에서 향기를 발산하는 아름다운 꽃 한 송이를 발견하게 되었다. 이 사람은 너무 기쁜 나머지 이 꽃을 뿌리째 뽑아 집으로 가져와 예쁜 화분에 심어

감추어 놓았다. 며칠 지난 후 낯선 마을로 이사할 작정이었다.

그런데 문제는 다음날 일어났다.

집 아이가 시름시름 앓기 시작한 것이다. 그리고 향기도 멈추고 말았다. 향기가 사라지자 마자 마을 사람들은 놀라 어쩔 줄을 모르고 허둥댔다.

"왜 향기가 사라졌지? 다시 역병이 돌고 홍수가 나는 게 아냐?"

온 마을이 뒤집어졌지만 향기가 사라진 이유를 알 수 없었다. 문제는 그 꽃을 훔쳐 온 사람이 더 큰일이 난 것이다. 아이의 병은 점점 더 깊어지고 마당 안의 우물이 마르기 시작한 것이다.

꽃은 완전히 시들어 버렸다.

그때서야 이 사람은 크게 뉘우치기 시작했다.

'내가 큰 죄를 지었어. 토질이 맞지 않아 꽃이 시드는 거야. 이를 어쩌지?'

그는 마침내 깊이 참회하고 아직 덜 죽은 그 꽃을 아무도 몰래 원래 자리에 다시 심어놓았다. 그러자 기적이 일어났다. 그렇게 심하게 앓던 아이가 언제 아팠느냐는 듯이 벌떡 일어났고, 산에서는 다시 향기가 진동하게 되었다.

그는 자기 욕심 하나가 온 마을을 절망에 몰아넣게 하였다는 것을 후회하게 되었다.

이 두 우화는 참으로 시사하는 바가 크다. 협력하지 못하는 나무

의 종말과, 한 개인의 욕심이 모두를 불행에 빠뜨림은 물론 자신도
불행해진다는 훈화를 가르친다.

　그렇다. 비록 작은 군위이지만 똘똘 뭉쳐 협력하면 훌륭한 지역
이 될 것이며, 자신의 이익만 쫓다 보면 마을은 물론 자신도 망쳐진
다는 것을 알아야 한다.

미래! 그 희망의 등(燈)을 달자

포항제철 신화의 주인공인 박태준 전 총리는 이 말을 좋아한다.

'자원(資源)은 유한(有限)하되 창의력(創意力)은 무한(無限)하다.'

별다른 자원이 없는 우리나라가 수출 왕국이 된 배경을 한 마디로 요약한 말이다.

박정희 대통령과 박태준 회장이 포항만에 제철공장을 건설하려 할 때 세계 철강계 사람들은 모두 비웃었다. 지반이 약한 지역에 더구나 항만에 제철공장을 건설하는 무모한 나라라며 그 무모함을 손가락질 했던 것이다.

그러나 포항제철은 보라는 듯 성공하여 국제사회에서 부러움의 대상이 되었다. 만일 이런 창의력을 발휘하지 못했다면 포항은 아직도 초라한 시골 어촌으로 남아 있었을 것이다.

아무도 생각하지 못한 것을 생각하고, 가능성을 타진하고 불가능을 가능하게 만드는 창의력과 도전정신이 이 나라를 살리는데 큰 기둥이 된 것이다.

어떤 상황이든 좌절하지 말고 창의력을 발휘한다면 깜짝 놀랄 기적을 일으킬 수 있는 좋은 본보기가 포철이다. 그들은 그들의 미래를 정복한 셈이다.

경제 자립도가 극히 빈약하고 별다른 자원이 없는 우리 군위는 앉아서 가난을 바라보고만 있을 것인가?

무사안일주의에 빠져 어제나 오늘이나 내일이 다람쥐 쳇바퀴 돌듯 매일 그날이 그날이고, 지역 발전에 대한 연구도 걱정도 하지 않는다면 우리는 이 가난을 결코 벗어나지 못할 것이다. 우리의 미래는 희망 없이 무기력한 나날을 보내게 될 것이며 우리 후손들에게 역시 가난을 물려주게 될 것이다.

그렇다면 우선 급한 것이 무엇인가? 나는 먼저 희망(希望)을 가져야 한다고 생각한다. 막연하지만 우리 군위도 창의력만 잘 발휘한다면 도내에서 속도 빠르게 발전하는 지역으로 평가받게 될 것이다.

제일 급한 것은 미래를 정복할 수 있다는 믿음과 연구와 실천이며 이를 실천할 수 있다는 신념과 희망을 갖는 일이다. 그러면 미래는 우리 것이 될 것이다.

미래! 먼저 미래라는 단어부터 생각해 보자.

지상에 존재하는 생명체 중에서 미래라는 추상적 개념을 소유하고 있는 것은 인간뿐이다.

미래라고 하는 존재는 사실 존재하지 않는 존재다. 인간이 소유해 보지 못한 공간 개념이며 소유할 수 없는 시간 개념이기 때문이다.

그러나 미래는 분명히 존재한다. 그렇기 때문에 인간은 미래를 대비하고 미래에 희망을 건다. 목표를 세우고 그 목표를 달성했을 때의 기쁨을 미리 상상해 보는 일도 미래라는 불투명한 존재가 주는 기쁨 중 하나다.

미래를 위해 계획을 세우고 이를 이루기 위해 열심히 노력하는 것도 인간뿐이며, 미래라는 불안 때문에 좌절하거나 아예 목숨을 끊는 것도 인간뿐이다.

미래는 누구의 소유도 아니다. 특정인을 위한 존재도 아니다. 미래는 누구나 이룰 수 있는 희망의 공간이다. 그리고 무한한 힘의 에너지를 공급한다.

좌절에 무릎을 꿇는 사람도 있지만 사람들 대개는 이 '미래에 대한 희망' 에 힘을 얻고 어려움을 헤쳐 나간다. 그리고 승리하는 많은 사람들이 있다.

인간의 위대함은 여기에 있다.

새해를 맞으며 나는 이 미래라는 생각에 잠긴다.

지난 한해 우리는 수없는 기쁨과 좌절, 행복과 불행을 겪으며 살아왔다. 그리고 새해를 맞게 되었다. 정치적으로 경제적으로 많은 어려움이 있었다. 또 자신이 꿈꾸어 왔던 희망을 이루지 못한 아픔을 가진 사람도 있을 것이다.

그러나 여기서 무릎을 꿇지는 말자! 이제 지난 과거는 역사 속에 묻어두고 새로운 미래에의 희망을 갖자. 희망의 등을 달자.

힘차게 솟아오르는 태양처럼 허리를 곧추세우고 미래를 향해 달려가자. 성공은 희망을 갖는 자 만이 소유한다.

꿈을 꾸어라! 미래에 대한 원대한 희망을 가져라. 희망을 이루기 위해 부단히 노력하라. 작은 실패를 두려워하지 마라. 실패를 모르는 자는 성공할 줄도 모른다. 미래는 희망을 갖는 모두의 것이며 성공 거리를 찾는 자 모두의 것이다.

군위는 특별한 자원이 없는 곳이다. 그렇다고 희망을 갖지 않으면 한 발자국도 앞으로 나가지 못한다. 희망을 가지면 길이 열린다. '하늘은 스스로 돕는 자를 돕는다.' 라는 격언을 잊지 마라.

성서에 보면 '두드려라 그러면 열릴 것이니라.' 라는 말씀이 있다. 나는 이 말씀을 믿는다. 두드리면 우리가 개발할 자원이 나온다. 없으면 생긴다. 이것이 '희망의 힘' 이다.

경제를 살리고 힘을 차리면 그 다음부터는 모든 일이 술술 풀릴 것이다.

우리 가슴에 용광로처럼 뜨거운 희망의 등(燈)을 달자! 미래의 위대한 군위를 위하여…….

제2부

군위를 말한다

농촌의 현실문제와 도의원 활동

안타깝게도 군위읍을 필두로 소보면, 효령면, 우보면, 부계면, 산성면, 의흥면, 고로면. 1개 읍, 7개 면에 거주하는 3만 군민들은 10년 전에 비해 절반으로 줄어든 인구와 이에 따른 생산성 감축으로 의기소침한 상태임을 고백하지 않을 수 없다.

군위가 성장할 만한 아무런 근거가 없고, 더 이상 발전할 만한 여건이 갖춰져 있지 않다. 군위의 농산물 중 이미 쌀은 쌀 개방정책으로 경쟁력을 잃었을 뿐만 아니라, 쌀 수입이 본격화되면 농사를 포기할 농민도 생겨날 것이다. 가뜩이나 농촌지역 경제상태가 열악한데 악재만 생겨나 방향타를 잡지 못하고 있다.

군위를 지탱케 하는 농작물만이 힘겹게 군위를 지키고 있으니, 바로 청정지역에서 자란 빛깔 고운 사과로 상품가치를 높이고 있고,

수출품목으로 각광받고 있는 오이와 미국으로 직접 수출하는 황금배, 무농약을 자랑으로 내놓은 친환경 농산물 토마토, 팔공산에서 자라는 맛좋은 표고버섯 등이 외롭게 군위를 지키고 있다.

경지면적도 계속 줄어드는 추세로 총 7,846ha은 전년도 대비 논, 밭 모두 0.4% 감소된 상태다. 공산품의 수출전략으로 농산물을 개방해야 하는 정부의 고충을 모르는 바는 아니지만 농촌에 대한 대체전략이 전무하니 이제 우리뿐 아니라 전국 농민들은 절망 속에 한숨만 쉬고 있는 실정이다.

농사는 지으면 지을수록 손해라는 자조적인 목소리가 터져 나온 지 오래인데, 정부와 관공서는 현실적인 행정에만 매달려 세월을 보내고 있다. 홍보야 그럴 듯하게 할 수 있지만 막상 농민들을 접해 보면 이젠 기진하여 말조차 하지 않으려 한다.

따지고 보면 우리 군위는 지리적으로 경쟁력 있는 지역으로 발돋움할 충분한 여건을 갖추고 있다.

우선 최근 개통된 중앙고속도로가 우리 군위와 직통으로 연결되어 있고, 내륙고속도로가 구미를 통과하니 우리로서는 승용차로 겨우 2~30분 지척에 둔 셈이다.

더구나 군위는 경북의 중심지에 위치하고 있어 사통팔달의 교통 혜택을 받고 있다. 그럼에도 불구하고 산업단지 유치는커녕 오히려 떠나가는 기업이 많고, 유입되는 인구보다 떠나는 인구가 더 많으니 어찌 마음 편히 밤잠을 이룰 수 있겠는가!

지역에는 고령층만 남아 농촌을 더욱 쓸쓸하게 만드는데 이들에 대한 대책 하나 세우지 않고 있으니 안타까운 내 목소리만 도의회 회의장에서 높아질 수밖에 없다.

안타깝게 이리저리 뛰어 보지만 도의원 신분으로 내가 할 수 있는 일에는 한계가 있었다. 또, 예산을 심의하고 예산을 얻어오는 것이 고작이다. 그나마 대도시로 예산이 편중되니 욕심은 많지만 예산 획득에도 애로가 한두 가지가 아니다.

다른 지역에 비하면 제법 짭짤한 예산을 얻어냈지만 욕심 많은 나로서는 마음에 찰 이유가 없다. 그러나 그보다 더 다급한 것은 우선 군위 경제를 살리는 일과 더 다급한 현실문제는 노인대책이다. 고령화 사회로 접어드는 데다 젊은 사람들이 대 도회지로 빠져 나가 하루빨리 대책을 마련해야 할 것이다.

어른 공경에 대한 단순한 효도 심리만이 아니다. 실제로 다급한 현실이다. 사람은 누구나 다 늙는다. 늙지 않는 젊은 사람은 없다. 힘없는 늙은 세대를 위해서라도 노인복지문제는 꼭 해결해야 한다.

도정(道政) 질문에서 나는 이렇게 질의했다.

〈고령사회를 대비한 노인복지문제〉

—2000년도 말, 인구주택조사의 결과에 의하면 1995년 이후 5년 동안 총인구가 3.4% 증가한데 반해 65세 이상 인구는 27.7% 증가하

여 전체인구의 7.3%를 차지하고 있으며 이러한 노인 인구비율은 2019년까지 14.4 %, 2030년까지는 23.1% 로 증가할 것으로 봅니다.

그러나 이를 대비한 노인복지의 제도적 미비와 인프라 부족으로 인하여 노인문제에 적절히 대처하지 못하고 있는 실정이라고 생각됩니다.

특히 우리 도는 노인 인구비율이 전국 평균인 7.7%보다 훨씬 높은 11.7%로써 전국에서 가장 고령인구가 많은 지역입니다.

이는 우리 도가 전국에서 가장 먼저 노인문제, 고령화시대에 대한 대책을 수립해야 함을 의미한다고 본 의원은 생각합니다.

눈앞에 다가온 고령사회를 도민 한 사람 한 사람이 장수의 기쁨을 누리는 밝고 활력에 넘치는 '장수사회' 로 만들어야 할 책무가 우리 모두에게 그리고 특히 우리 지방자치단체에 있다고 봅니다.

우리 도가 시행하고 있는 노인취업 시책 중에서는 월 50만원 운영비를 지원하고 있는 노인취업알선센터가 10개소뿐이고, 노인공동작업장은 10개 시·군 지역에서 28개소에 불과한 실정인 것으로 본 의원은 파악하고 있습니다.

특히 노인공동작업장의 경우 구미지역의 동 단위 14개소를 제외하면 기타 지역에는 전무한 실정입니다.

노인취업알선센터와 노인공동작업장의 운영현황과 운영실적, 예산지원내역을 말씀해 주시고 지원규모는 도내 전지역으로 확대하여 시행할 용의는 없는지 밝혀주시기 바랍니다.

또 월 35,000원에서 50,000원까지 지급되는 경로연금이나 월 8,400원씩 지급되고 있는 노인 교통비는 현실에 비추어 턱없이 낮은 수준이라고 말하지 않을 수 없습니다.

어려운 시절, 이 나라와 우리 사회를 지탱해 오신 어른들에 대한 예우 차원에서라도 각종 경로우대 비용은 지급금액을 대폭 인상하여야 한다고 생각하는데 이에 대한 지사님의 견해와 대책을 밝혀주시기 바랍니다.

또한 노인건강진단사업은 65세 이상의 시설수용자 또는 기초생활 수급자에게만 예산이 지원되고 있습니다.

건강진단이 정신적으로나 육체적으로 노쇠한 노인분들의 가장 큰 관심사인데도 불구하고 경제사정 등의 이유로 실행하지 못하는 현실을 감안하여 건강진단 수혜의 폭을 기존 시설수용자 외 농촌지역의 70세 이상 모든 노인분으로 대폭 확대하는 것이 바람직하다고 생각합니다.

이에 대한 지사님의 견해와 대책이 있으시면 말씀해 주시기 바랍니다. 아울러 2002년까지 시행에 오다가 2003년부터 중단된 노인건강강좌도 노인복지증진과 사회비용 최소화를 위한 차원에서 다시금 개설되어야 한다고 보는데 이에 대한 대책도 밝혀주시기 바랍니다.

특히 본 의원은 노인문제, 고령화사회를 대비한 특단의 종합적이고 거시적인 대책이 있어야 함을 분명히 말씀드리면서 학계와 민간

단체 전문연구기관의 관계전문가들을 망라한 가칭 '고령사회문제 대책위원회'를 구성할 필요가 있다고 보는데 이와 같은 기구를 구성할 용의는 없는지 밝혀주시기 바랍니다.

본 의원은 반드시 이런 기구가 설치되어 1~2년 단위의 단기적인 대책은 물론 50년, 100년 후를 내다보는 종합적이고 거시적인 마스터플랜을 세워 대응하는 것이 우리 지역 뿐만 아니라, 국가적으로도 매우 절실하다고 생각합니다. 이에 대한 지사님의 견해와 세부적인 추진 방안을 밝혀주시기 바랍니다.

앞으로 수요가 더욱 증대될 것으로 전망되는 실버산업에 대한 우리 도의 육성 방안은 무엇인지 말씀해 주시고, 아울러 수익성을 바라는 일부 사업가들에 의해 주도되고 있는 지금의 실버산업을 공익적 차원으로 접근하여 지방자치단체에서 직접 운영하거나, 대기업이나 건실한 향토기업이 참여토록 유도할 생각은 없는지 답변해 주시기 바랍니다.

본 의원은 우리 도를 비롯한 23개 시·군이 실버단지를 조성할 필요가 있다고 생각하며 이를 위해서는 실버타운 조성과 운영 및 예산 확보를 비롯한 다각적인 대책이 필요하다고 생각됩니다.

전국적인 시범사업으로 정착시켜 나가기 위해서는 실버산업 지원을 위한 특별조례를 제정하여 이를 제도적으로 지원할 수 있는 대책을 강구해야 할 것으로 판단되는데 이에 대한 지사님의 견해를 밝혀주시기 바랍니다.

나의 이런 질의는 심각하게 받아들여졌다. 실버문제는 고령화시대로 접어드는 우리나라 입장에서는 대단히 중요한 사회문제다. 이 문제는 앞으로 갈수록 더욱 심각해질 것이며 지금이라도 대책을 세우는 것이 필요하다.

나는 내가 염두에 두고 있는 역점 사업이 있다. 그것은 이번 질의와 깊은 관계가 있다.

1. 노인공동작업장 및 노인취업알선센터 확보
2. 경로연금 및 현실적인 노인 교통비 지급
3. 노인 건강진단 수혜 확대 및 건강강좌 활성화로 노인 복지증진
4. 가칭 고령화사회대책위원회 구성
5. 실버단지조성지원 특별지원비 조례제정 등이 그것이다.

이 사업은 젊은이들이 도시로 떠난 뒤의 노인들을 위한 최소의 배려로 보아도 될 것이다.

다음 질의는 좀 더 현실적인 문제로 당장 코앞에 떨어진 '지역경제활성화' 문제였다.

〈지역경제 활성화문제에 대한 질의〉

"국가 부채 1인당 284만원 꼴인 133조 6000억 원, 신용 불량자 360만 명, 전국의 노숙자 5천여 명, 금년 하반기 신규사원 채용계획이 없다는 기업이 전체의 78%, 3년 내 기업이 도산 또는 파산할 것

이라는 전망을 한 기업이 전체 기업의 60%, 금년 실질 국내 총소득 (GDI) 성장률은 작년 대비 0.2%입니다.

본 의원이 열거한 이러한 통계자료는 중남미(中南美) 어느 나라 얘기가 아닙니다. 현재 우리나라 사회 경제의 냉혹한 현실입니다. 그야말로 IMF 이후 최악의 경제불황으로 너나없이 살기가 어렵다 고 아우성이며, 우리 경북도 예외가 아닙니다.

본 의원은 지난 9월 8일, 대통령이 주재한 시·도지사 회의에서 지역경제활성화대책으로 지방자치단체가 수도권에서 3년 이상 주 재한 100인 이상 기업을 유치하기 위해 재정지원을 할 경우 중앙정 부도 그 지원액을 분담하는 것으로 하는 내용과 특정지역에 한해 각종 규제를 대폭 완화해 주는 '지역특화발전특구'를 재정경제부 에 예비 신청·접수한 것으로 알고 있습니다.

전국 234개 지방자치단체의 189곳, 448개 특구 신청 중 경북의 경 우, 군위의 '전원레저특구', 경주의 '전통 명주마을 보존·육성 특 구' 등 총 65건을 접수시켰으며 분야별로는 문화·관광·레저 분야 34건, 산업·과학 분야 11건, 농림·수산 분야 13건, 교육·의료 분 야 5건, 기타 2건으로 구성되어 있습니다.

정부는 지난 11월 18일, 지역발전특구법을 국무회의에서 의결하 고 내년 상반기 중에 특구계획 제출, 및 특구지정을 할 예정으로 되 어 있는데, '지역특화발전특구'에 몇 개소가 선정될 것으로 예상하 고 있는지 말씀해 주시고 그리고 향후 선정된 '지역발전특구'를 지

慶尙北道議會 建設消防委員會
2005年度 行政事務監査
2005. 11. 25(金)   慶尙北道綜合建設事業所

역경제 활성화대책과 어떻게 연계할 것인지에 대해서도 말씀해 주시기 바랍니다.

그리고 수도권지역의 기업유치 계획과 유치 실적도 밝혀주시기 바랍니다.

우리 군위는 '전원레저특구'를 접수시켰다. 이 접수가 결정되면 우리는 많은 사업을 계획할 수 있다. 우리가 필요한 예산을 확보하여 지역 경제에 큰 힘을 보탤 수 있다.

먼저 전원주택 건설로 대구지역의 도시인들을 흡수할 수 있으며 이에 대한 부가가치를 기대할 수 있다. 레저관광산업을 활성화시켜 지역 특산물 판매를 올릴 수 있고 도시인구의 주말 레저를 흡수함으로써 경제 가치를 올릴 수 있다.

이 문제는 앞으로 상황을 예의 주시해 가며 사업계획을 세워나갈 것이다.

농촌인구 감소문제도 대단히 심각한 지경에 이르렀다. 인구 감소는 농업정책과도 맞물려 있어 이 문제도 분명히 짚고 넘어갔다.

〈재난관리대책에 관한 질의〉

―작년 여름 한반도를 강타한 태풍 '루사', 금년 9월에 발생한 태풍 제14호 '매미' 그리고 금년 2월 18일 수백 명의 사상자를 낸 '대

구지하철 방화참사' 등의 자연 재해와 인재는 우리 사회의 안전 불감중에 대한 경각심과 안전 시스템의 중요성을 다시 한 번 일깨웠습니다.

또한 우리 사회의 근본적인 안전 시스템이 매우 취약하다는 사실도 여지없이 드러냈는데, 예를 들면 도청을 비롯한 재해대책기관부터 시설과 장비가 손상되거나 정전으로 인해 업무수행이 불가능 할 정도로 속수무책이었다는 것은 국민의 생명과 안전을 책임지고 있는 정부나 지방자치단체의 무신경과 안일함을 증명해 준 것이라 봅니다.

연례행사가 되다시피 해마다 태풍이 지나가면 정부는 대책을 내놓지만 재해와 재난은 반복되어 왔고 피해 규모는 점점 커지고 있습니다.

같은 태풍이 지나가도 일본은 피해가 미미한 반면 우리나라는 엄청난 비극을 당하고 있습니다. 이러한 배경에는 정부의 대책이 얼마나 치밀한지, 그리고 사전에 예방대책과 복구대책에 대하여 얼마만큼 관심을 갖고 있는가에 달려 있다고 생각합니다.

실제로 우나나라는 태풍이 오기 며칠 전 태풍의 피해를 경고하고 피해나 집계하며 보상대책이나 만드는 수준이라는 혹평을 듣고 있습니다.

이에 따라 한 번 태풍이 지나가면 태풍의 피해나 상처가 파악되기도 전에 인재냐 천재냐를 두고 논란을 벌여야 하는 한심한 일들이 반복되고 있습니다.

며칠 전부터 우리나라를 통과할 것으로 예견되었던 지난 태풍 '매미'로 인해 100여 명의 인명 피해와 1조 5천억 원이 넘는 재산피해가 세계경제 10위권임을 자랑하는 국가에서 일어났다는 사실이 부끄럽기도 하고 억울하면서 아쉽기도 합니다.

본 의원은 지금부터 내년도 재해대책을 주도면밀하게 수립하여 차질 없이 시행하는 것이 중요하다고 판단하고 있습니다. 늦었지만 지금부터라도 재난 발생에 따른 대응 대책뿐 아니라, 주민 대피, 비상 식량 및 식수 공급, 위기관리 시스템 구축 등의 종합적이고 체계적인 대책을 적극적으로 수립해야 할 때라고 생각합니다.

이와 관련하여 우리 도내에서 발생한 재해지역 중에서 2년 이상 반복된 지역과 피해 정도를 말씀해 주시고 반복하여 피해를 입은 사유를 구체적으로 밝혀주시기 바랍니다.

특히 상습 침수지역, 위험 축대, 산사태 발생 예상지역, 강·하천 범람지역 등의 위험지역에 대한 특별관리대책이 필요하다고 판단되는데 어떤 대책을 갖고 계시는지 말씀해 주시기 바랍니다.

각종 재해의 긴급한 복구를 위해서는 인명구조 분야를 비롯하여 전기, 화재, 가스 등등 유관기관과의 유기적인 협조체계가 구축되어야 한다고 보며, 효율적인 운영을 위해서는 이를 주도적으로 관장하는 기관이 있어야 한다고 보는데, 이를 제도적으로 시행할 복안에 대해서도 말씀해 주시기 바랍니다.

본 의원은 우리 경상북도만이라도 응급 식이나 땜질 식으로 재해 대책을 세워 대응할 것이 아니라, 치수(治水)방재(防災)의 기본 여건을 확충하고 개선하는데 예산을 투자하여 근본적이고 항구적인 대책을 강구해 주실 것을 촉구합니다.

또한 정부에서는 재난관리체제의 일원화라는 명분으로 소방방재청을 신설하는 정부조직개편을 추진중인 것으로 알고 있습니다.

법령 제정이나 기획을 하는 중앙 부처와는 달리 일선 현장에서 발로 뛰어야 하는 지방자치단체의 경우는 일반직 공무원과 소방직 공무원이 함께 한 부서에서 일한다는 것이 다소 무리가 있을 것으로 판단되는데, 소방방재청 신설에 따른 우리 도의 대응 방안은 무엇인지 말씀해 주시기 바랍니다.

우리 도는 각종 재해 및 재난 상황을 신속히 대처하여 인명과 재산의 피해를 최소화하기 위해 '재해대책상황실' 을 운영중인 것으로 알고 있습니다.

본 의원은 현행과 같은 기구와 인력, 그리고 재난 관리부서의 기능으로 과연 각종 재난과 재해를 신속하고 효과적으로 대처하기에는 다소 미흡한 부분이 있다고 생각합니다.

이에 대한 보완 방안으로 소방 부서와 도 본청 행정부서가 따로 떨어져 있지 않는 우리 도의 경우 한정된 인력보다 효율적으로 운용하기 위해서는 재난상황실과 당직실, 소방본부 등 다원체제로 되어 있는 현재의 재해대책 시스템을 단일체제로 운영하는 것이 보다

효율적인 방안이라고 보는데 본 의원의 제안을 수용할 의사는 없는
지 답변해 주시기 바랍니다.

요약하면 재난관리종합대책 수립, 상습 고질적인 재해지역 현황
과 관리실태, 소방방재청 신설에 따른 대응 방안, 그리고 도 단위 재
해상황실 운영체계 개선에 대해 집중 질의한 것이다. 이것은 말뿐
인 탁상공론으로 끝날 우려가 있는 문제이기 때문이다.

재난방지는 아무리 강조해도 부족함이 없는 심각한 사회문제다.
여기에 잘못하면 엄청난 인적 손실, 그리고 재산 피해가 나기 때문
이다.

〈농촌인구문제와 농업정책에 대한 질의〉

―(중략)― 그러나 본인이 둘러본 우리 농촌은 유난히도 심했던
잦은 비와 저온현상, 수해와 태풍으로 추수를 끝낸 지금, 일 년 동안
애써 지은 농사로 얻은 수확의 기쁨은커녕, 저절로 나오는 한숨소
리에 주름살의 깊이만 더해 가고 있습니다.

또한 지금, 도내 많은 농촌지역은 수년째 밤이 되어도 아이의 울
음소리가 끊긴 깊은 적막으로 덮여 있습니다. 1년 동안에 면 단위
전체에서 출생신고 수가 2~3건에 불과하다고 합니다.

출산 축하금, 전입세대 경품증정 등 단기적인 대책으로는 농촌인

구문제를 근본적으로 해결할 수 없다는 것도, 또한 인위적인 수단으로 쉽게 대처할 수 없다는 것 또한 사실입니다. 그러나 무너져 가는 농촌, 죽어 가는 농촌을 그냥 둘 수는 없지 않습니까?

통계청이 얼마 전에 발표한 통계에 따르면 농가인구가 10년 사이에 총인구 대비 13% 수준에서 7%대로 낮아졌다고 합니다.

농촌인구문제와 관련하여 더욱 심각한 것은 유·소년층의 비율이 10년 만에 절반으로 줄어들었다는 겁니다.

이는 농촌의 붕괴를 의미하는 것이며, 농촌의 붕괴는 한국인들의 마음 속에 깊이 자리잡고 있는 마음의 고향이 사라지는 것이며, 결국 한국인들이 오래도록 간직해 온 정서와 정체성을 허물어 버리는 결과가 올 것입니다.

이러한 농촌인구문제는 젊은이들이 농촌을 모두 떠났기 때문입니다. 부모님을 공양하면서 대대로 물려받은 농지를 가꾸면서 살아가야 할 우리 젊은이들을 누가, 그 무엇이 농촌에서 몰아냈습니까?

본 의원은 아무리 농촌문제, 농업문제가 어렵다고 하더라도 농정의 실패 속에는 농업인을 무시하는 정부당국이 결국 책임을 져야 할 문제라고 믿습니다.

김대중 정부가 출범한 이후 정부는 모두 6번의 농가부채에 대한 대책을 내놓았습니다 마는, 농가부채는 줄어들기는커녕 계속 늘고만 있습니다.

지난 10년 동안 농업 분야에 무려 62조원이라는 막대한 예산을

문자 그대로 물 붓듯이 쏟아 부었지만 농촌의 문제가 해결된 것은 별로 없고, 농민들의 빚은 더욱 무겁기만 합니다.

농가의 농축산물 판매규모가 연간 1천만 원 미만인 소규모 농가가 전체농가의 67.25%를 차지하고 있으며, 1990년대 중반까지만 해도 도시와 농가의 비중이 비슷한 수준이었던 농가소득이 작년에는 도시 근로자의 73% 수준으로 추락하였고, 농촌인구는 7.5%에 불과한 실정이 오늘의 우리 농촌현실을 대변해 주고 있습니다.

—(중략)— 얼마 전 일부 언론에 보도된 바에 의하면 농림부가 주최한 2003 브랜드 선정에서 전국에서 선정된 16개 품목 중에서 우리 도가 출품한 12개 품목 중에서 '성주풍경참외' 한 품목만 선정되고 나머지 11개 품목은 모두 수상권에서 탈락했다고 합니다.

공산품만이 아니라 농수산물도 유명 브랜드, 우수 브랜드로 인정받지 못하면 경쟁력을 갖지 못하는 시대가 되었는데, 이러한 사실 하나만으로도 전국 제일의 농도(農道)임을 자처했던 우리 도의 위상이 말이 아니라고 생각합니다.

앞으로 지역 농산물 홍보와 판매의 관건이 되는 브랜드사업을 어떻게 추진하실 계획인지 구체적인 방안을 말씀해 주시기 바랍니다.

—(중략)— 또한 군위지역을 비롯하여 우리 도는 사과, 배, 포도 등의 과일을 재배하는 농가가 많습니다. 과수농가를 대상으로 한 농민 재해보험이 몇 년 동안 연이어 발생한 재해로 누적적자가 커 보

험금을 지급하기 어려운 형편에 처한 것으로 알고 있습니다.

부실 원인이야 어디에 있든 정부와 농협을 믿고 보험에 가입한 농민들의 피해를 최소화할 수 있는 방안은 무엇인지 밝혀주시기 바랍니다.

본 의원은 우리의 농촌을 황폐한 절망의 땅이 아니라 생명의 서기(瑞氣)어린 희망의 땅으로 변모시킬 수 있는 획기적인 대책을 수립할 것을 강력히 촉구하는 바입니다.

그래서 농업인들이 정말 5년 뒤, 10년 뒤에 농촌에서의 삶에 대한 희망을 갖고 농업에 전념할 수 있어야 합니다.

부처(部處) 이기주의나 비합리적인 정치논리, 산업 간의 비교우위 논리에 사로잡혀 있는 중앙정부를 의지할 것이 아니라, 우리 도(道)가 주도하여 우리 지역만의 독특한 아이디어와 현실성 있는 시책을 수립할 것을 강력히 요구하는 바입니다.

그러기 위해서는 농업 분야에 대한 전반적인 현실과 문제점을 파악하고 해결책을 제시할 수 있는 가칭 '농촌문제대책특별위원회' 등의 전담기구를 구성할 것을 제안하는 바입니다.

현재와 같은 조직과 인력, 예산지원 체계만으로는 한계가 있다고 보기 때문입니다.

이에 대한 지사님의 견해를 밝혀주시기 바랍니다.

—(중략)— 모름지기 사회 지도층은 허울 좋은 명목을 추구하기보다는 선출해 준 주민들에 대한 진정한 심부름꾼이 되어야겠다는

초심을 버리지 말아야 할 것입니다.

도내의 모든 자치단체장들은 그럴 듯한 명분을 내세우기 전에 자치단체장으로서 진정 지역발전을 위해서 어떻게 하는 것이 바람직한 것인지 깊이 생각해 주실 것을 촉구합니다.

탁상공론만으로는 쓰러져 가는 농촌을 살리지 못한다. 이농현상은 날이 갈수록 심해지고 농민소득은 줄어들고 있다. 농사를 위해 대출받은 돈을 갚을 길이 없어 아예 체념하는 농가가 부지기수다. 쌀 개방에 따른 농민의 절규는 마침내 데모로 사망하는 사태까지 벌어지는 데도 정부는 아무 대책이 없다.

그렇다고 지방정부가 이를 해결할 의지를 보이지도 않는다. 나의 질의는 질의가 아니라 절규였다. 누가 농촌현실을 정확히 알고 있으며 누가 이를 위해 잠 못 이루고 고민하는가!

없다. 아무도 없다. 우리처럼 농촌에 파묻혀 사는 사람들 외에는 관심도 없다.

쌀 개방을 원칙으로 계획했다면 그때부터 농민에 대한 대책수립을 같이했어야 옳다. 쌀 개방 반대를 외치는 농민을 막기만 해서 될 일이 아니다.

또 하나, 국내 인지도를 넓히고 농작물의 우수성을 알리기 위해 농림부 주최 브랜드 선정에서 12개 농작물 중 하나만이 선정되었다는 것은 얼마나 농작물에 관심이 없었느냐 하는 것을 극명하게 보여주는 단적인 예이다.

농민이야 죽건 말건 알 바 아니라면 이를 어찌 정부라 하겠는가, 어찌 도정(道政)이라 할 수 있겠는가?

인구가 줄고 일할 일손이 부족한 지가 언제부터인데 아직도 수수방관만 하고 있으니, 이 어찌 통탄하지 않을 수 있으랴! 내 절규는 바로 그것이었다. 그리고 이런 질문들은 내가 앞로 앞장서서 해결해야 할 일이기도 하다.

〈경북교육청에 대한 질의〉

─지난 11월 19일, 한국교육개발원(KEDI)의 발표에 의하면 전국의 초·중·고교생들의 연간 지출 사교육비는 13조 6천억 원으로 이는 금년 우리나라의 전체 교육예산 24조 9,036억 원의 약 55%에 해당하는 규모이며, 2000년도 7조 1,276억 원에 비해 무려 2배가 증가한 금액입니다.

이와 같은 현실을 볼 때, 우리나라는 1980년대부터 공교육 내실화와 사교육비 경감 등의 교육개혁을 꾸준히 추진하여 왔지만 현 교육상황을 평가할 때 실패한 교육개혁이라 본 의원은 단정하는 바입니다.

국가 미래를 책임질 인재양성의 성패를 좌우할 학교교육개혁의 중요성과 당위성을 강조하면서 교육감께 교육 분야에 대해 질문하겠습니다.

첫째, '농어촌지역 교육붕괴현상' 에 대한 질문입니다.

본 의원이 조사한 자료에 의하면, 현재 도내 농어촌지역의 교육사정은 황폐화하여 붕괴 직전에 있습니다.

학생은 좋은 대학에 진학하기 위해 중학교만 졸업하면 도시지역으로 전출하고, 교사 역시 현직에 있으면서 임용시험을 통해 대거 도시지역으로 유출되고 있으며 그 자리는 계약직 교사로 충당되고 있는 실정입니다.

올해만 해도 중학생 중, 군위군 218명, 칠곡군 1,141명, 울진군 444명, 봉화군 303명, 고령군160 명, 청송군 72명 등이 인근 도시지역으로 전출하는 등 군단위지역의 교육공동화현상이 한층 심화되어 가고 있습니다.

본 의원은 이러한 교육붕괴현상은 불합리한 '학교급지제도' 에 있다고 보는데, 교육감께서는 이에 동의하시는지 답변해 주시기 바랍니다.

그리고 이에 대한 대안은 하루빨리 농어촌지역의 교육환경개선과 탄탄한 교육 인프라 구축에 과감한 투자가 이뤄져야 하며 필요하다면 경남의 '거창고교' 와 같이 농촌지역 학교의 성공 사례를 벤치마킹할 필요가 있다고 보는데 교육감께서는 어떻게 보시는지, 이에 대한 견해와 실천계획, 그리고 추진내역을 구체적으로 밝혀주시기 바랍니다.

　둘째, '지방교육과 지방자치의 통합문제'에 대한 질의

　지난 8월 초, 정부는 교육자치와 상호 연관성을 가져 교육의 실효성을 제고할 수 있다는 판단 하에 2005년부터 지방교육과 지방자치를 통합하여 자치단체가 교육부분의 행정과 재정 등을 지원하고, 교육정책에 대해 결정권을 갖도록 한다는 방침을 정하고 '교육부', '행정자치부', '정부혁신 지방분권위원회' 등 관련기관들이 세부사항을 협의하도록 하였습니다.

　본 의원이 판단하건대, 이 방안은 현행 평준화 중심의 획일적인 교육방식에서 지역특성에 적합한 교육을 실시하는 방안들이 추진되고 시장경쟁의 원리를 도입하여 교육 수요자들이 만족하는 교육으로 전환하겠다는 의미인 듯합니다.

　그러나 지방교육과 지방자치의 통합은 이미 1997년 '교육개혁위원회'에서 꾸준히 제기되어 온 사안으로 교육평준화의 와해, 사교육비 증대, 입시위주의 교육 전락 등을 이유로 보류된 바 있어 논란이 예상되는데 교육감께서는 향후 진행상황을 어떻게 예측하시는지 밝혀주시고, 만약 지방자치와 지방교육의 통합이 제도적으로 시행된다면 이것이 현 교육실정에 적합한지에 대해서도 그 견해를 밝혀주시기 바랍니다.

　나는 농어촌 지역의 교육붕괴현상과 이에 대한 대책, 또 지방교육

경 고로면 경로잔치 축
주최 : 고로면 남·여 새마을지도자 협의회   후원 : 고로면 체육회
일시 : 2003년 5월 17일(토) 10:00   장소 : 고로면 양지리 위탁영농회관

과 지방자치의 통합문제에 대해 집중적으로 질의하였다. 교육문제
는 백년대계로 이뤄져야 한다. 그러나 농촌의 교육실태를 안다면
얼마나 심각한 문제인지를 금세 깨닫게 될 것이다.

지방교육실태를 보다 정확히, 적극적으로 대처해 나갈 것이다.

도의회 의회활동을 하면서 나는 특히 면(面)단위 소외된 지역을
위해 나름대로 노력을 아끼지 않았다. 힘 닿는 데까지 관련기관과
협조하여 경로잔치를 열어 나이 드신 어른을 위로해 드렸고, 회관
들을 준공해 드렸다. 그러나 그것은 잠시의 위로는 될지 모르지만
영구적인 복지정책은 되지 못한다.

건강증진을 위한 의료시설도 더 필요하고, 운동할 수 있는 기구도
필요하다. 내가 체육회를 통하여 노인들께서 하실 수 있는 운동으
로 게이트볼에 열중했던 이유도 여기에 있다.

소외된 시골 어른들을 생각하면 정말 가슴 아프지 않을 수가 없다.

나는 각 지역을 일일이 찾아다니며 문제점을 확인하고 이를 반영
하는 확인 행정방식을 선택했지만 내 힘으로 안 되는 일도 많았다.

언제나 가슴 아프게 생각하는 것은 도의원으로서 내가 할 수 있
는 일에는 한계가 있다는 것이었다. 그것이 늘 나를 답답하게 만들
었다.

군위의 경제발전 전략

대구에서 어느 식사시간에 있었던 우스갯소리 하나를 소개한다.

그날, 이 식당엔 주방장이 새로 들어와 음식 솜씨가 화제로 올라 있었다. 지금까지 본 맛이 아니었다며 주방장 요리 솜씨에 칭찬이 자자했다.

"이거 같은 대구로 만들었는데 오늘 대구탕 맛은 정말 일품이군!"

"같은 대구로 만들어도 솜씨에 따라 다르지."

"손끝 맛이 진짜 맛이라니까?"

우리 일행의 주방장 칭찬이 이어지자 홀에서 일하던 아줌마 한 분이 입을 실룩인다.

"그게 뭐 주방장 솜씨 때문인가요? 오늘 싱싱한 대구가 들어왔고 또 양념을 잘 해서 그렇지. 재료가 좋으면 맛은 나게 돼 있어요."

떠난 주방장과 오래 일을 해서 새 주방장에 대한 칭찬이 별로 듣기에 안 좋았던 것 같다.

그러자 일행 중 한 명이 역시 웃으며 반박했다. 단골인지 함께 간 동료 하나가 허물없이 말을 건넨다.

"아따 아줌마, 전 주방장이 떠나 속상해서 그러시죠? 그렇지만……."

하며 반박을 하는데…….

"권투선수가 글러브 좋다고 KO시키나요? 축구화 좋다고 골 넣나요? 라켓 좋은 것 쓴다고 좋은 라켓 가진 탁구선수가 이기나요? 하이구! 생선 좋다고 맛이 좋아진다면 도매가게서 같이 산 음식점 대구탕 맛 다 똑같네요?"

"하하하, 에구 나 염장 지르고 있네!"

아줌마가 한참이나 웃더니,

"그건 맞는 말이네!" 하며 돌아선다.

그거 그렇다. 요리는 솜씨지 재료가 아니다. 물론 재료가 좋으면 좀 더 유리하겠지만 같은 재료라면 요리 솜씨가 판가름을 낸다. 실력 있는 사람이 요리를 해야 맛이 난다는 뜻이다.

이때 나는 얼마 전 모 지역신문에 게재되었던 기사를 기억에 떠올렸다.

우리 군위에 향후 2009년까지 총 1조 5천억 원의 사업비를 투자하여 군위 발전에 새 전기가 될 것이라는 기사였다.

군위군에 향후 2009년까지 총 1조 5천억 원 규모의 사업비가 투자될 예정이어서 군위 발전의 새 전기가 마련될 전망이다.

9일 군위군에 따르면 앞으로 5년 동안 '사통팔달 교통망 구축'과 '농업생명산업 클러스터 조성', '농업·농촌 육성' 등 3개 분야에 5천억 원씩 총 1조 5천억 원의 국비·지방비, 민자 등이 투자된다는 것.

이 같은 대규모 투자를 통해 군위는 대구 인근의 최대 배후 전원도시로 성장하는 기대에 부풀어 있다.

먼저 도로 사업으로 올 상반기 중 경북 도비(道費) 150억 원이 투입되는 효령―장군―마시 지방도 개설 사업이 착공된다. 경북 내륙의 주요 간선도로인 고로―우보 국도(國道) 28호선 확장 포장 사업에는 실시 설계가 마무리되는 내년 이후 1천 7백억 원이 투자될 예정이다.

총 2천억 원의 사업비가 투자되는 부계―동명 국가지원 지방도 사업의 경우, 늦어도 올 가을쯤 착공될 것으로 보인다.

군위군은 경북도·경북대와 농업생명산업 클러스터 조성사업을 공동 추진하고 있다. 군위에 있는 경북대 농대 실습장과 사과연구소와 바이오 벤처, 이전 계획중인 경북도농업기술원 유치사업과 연계되는 프로젝트다.

이 가운데 '경북도농업생명집약단지'에는 총 사업비 4천 5백억 원이 투입된다. '농업생명공학연구원' 설립과 '바이오 벤처타운' 등이 들어서는 국내 최대의 농업생명단지이다.

경북대와 산학협동 사업으로 군위 찰옥수수를 지역 특산물로 단지화하는 방안도 마련하고 있다. 지난달에는 구미시와 과수산업 발전방안을 공동으로 모색해 나간다는 협약을 체결하였다.

군위군은 화북댐 건설과 연결되는 위천 개발 '워터 프론트' 개발 용역을 준비하고 있다.

화북댐 주변 개발사업비 340억 원, 통합상수도사업비 500억 원을 포함해 총 3천 7백억 원이 투자되는 대형 프로젝트이다.

우리 군위에 대단위 산업단지와 산학협동의 기술센터가 들어설 모양이다. 문제는 이 재료를 누가 요리할 것이냐가 관건이다. 투자되는 이상의 효과를 얻어야 한다. 여기에는 전문적인 능력을 가진 일꾼, 그리고 사심 없이 이 일을 추진해 나갈 수 있는 인재가 필요하다.

돈이 투자된다고 해서 모든 사업이 다 성공하는 것은 아니다. 다방면의 일을 해 본 경험이 있는 사람, 그리고 힘차게 사업을 이끌어 갈 수 있는 보다 젊은 일꾼이 필요하다.

우리는 충남 당진의 '한보철강' 과 '포항제철' 을 기억해야 할 것이다.

'한보' 는 투자와 지리적 조건에서 '포항' 과 비교할 수 없을 만큼 유리했다. 국가 기간산업으로 책정하고 시작한 사업이며, 이미 포항제철의 성공이라는 본보기가 있었기 때문이다.

그러나 야심만만하게 시작한 '한보'는 결국 추락하고 말았다. '한보'의 선장 '정태수'를 잘못 만났기 때문이다. 훨씬 조건이 열악한 '포항'은 '박태준'이라는 걸출한 인사가 있었고, '한보'에는 유명세만 탄 부실한 사업가 '정태수'가 있었기 때문이다.

투자만이 능사가 아니다. 우리 군위에 엄청난 사업이 계획되지만 이를 요리할 만한 선주를 만나지 못한다면 결코 성공할 수 없을 것이다. 새로 발돋움할 군위의 멋진 요리사를 찾는 일이 우리의 급선무다.

앞서 나는 이런 말을 소개했었다. '자원(資源)은 유한(有限)하나 창의력(創意力)은 무한(無限)하다.' 박태준 전 총리가 좋아하는 말로 박정희 전 대통령의 '하면 된다.'는 말과 일맥상통한다.

비록 우리 군위가 낙후되고 경제 자립도가 빈약하지만 실현 가능한 목표를 세우고 하나하나 준비해 간다면 반드시 성과를 얻을 것으로 생각한다.

내가 제일 먼저 하고 싶은 일은 우리 지역 농민들의 자랑인 '오이'를 국내 유명 브랜드로 알려놓는 일이다. 안타깝게도 외국에서는 우리 오이를 높이 평가하지만 국민들 사이에서는 아직 이 '군위 오이'의 참 가치를 모르고 있다.

성주 참외, 나주 배, 충주 사과, 단양 6쪽 마늘, 음성 고추, 금산 인삼, 여주 땅콩 등은 이미 국내에 알려진 브랜드로 성공한 케이스다. 국민 대부분이 알고 있는 그 지역 농산물이다. 수출도 활발하다. 그러나 어디에 가도 '군위 오이'를 아는 사람은 적다.

브랜드로 성공하지 못한 것은 안타깝기 짝이 없는 일이다. 전국 최고의 오이로 인정받으면 먼저 최고의 가격을 받을 수 있다. 그러면 농가소득에 막대한 영향을 끼친다. 전량을 수출한다고 해도 군위를 알리는 부가가치가 형성된다. 돈 안 들이고 우리 지역을 홍보하는 일이다.

그러나 이렇게 하기에는 몇 가지 전략이 필요하다. 이제 지역 행정은 농사 장려만으로는 안 된다. 기업경영처럼 매출 전략이 필요하다. 다시 말해 행정도 장사라는 뜻이다.

장사를 하려면 투자가 필요하다. 우리는 '군위 오이'를 홍보하는 것을 몰랐다.

서울지하철에 가 보면 각 지방 시장, 군수가 직접 나서서 자신들의 특수농작물을 들고 홍보하는 사진을 쉽게 만날 수 있다.

우리는 이런 관점을 이해하는데 너무나 부족했다. 모두가 창의력 부족에 빠졌기 때문일 것이다. 오이와 토마토, 사과 등을 함께 선전할 수 있는 이점이 여기에 있다.

우리 농작물이 어디에 빠진단 말인가. 한 번 맛을 보면 절대 잊지 못할 것이고 찾는 고객이 전국에서 모여들 것이다.

다행히 중앙고속도로, 내륙고속도로가 개통되어 이 전략이 꿈만은 절대 아닐 것이다.

여기에 포장디자인을 전문가에게 의뢰하여 주부들에게 어필할 수 있도록 멋지게 제작하여 알린다면 '군위 오이'를 비롯한 농작물이 단번에 전국적인 특산물이 될 것이다.

이렇게 농작물 판매를 전략적으로 밀고 나가는 한편, 곧 공사가 시작될 팔공산 대구—군위 간 터널을 이용한 부가가치 창출을 연구할 것이다.

대구에 비해 값싼 토지를 장점으로 내세워 '물량유통센터'를 유치하여 대구 주민들 일부를 군위로 쇼핑하러 오게 만든다.

전원주택을 건설하여 도시생활에 찌든 대구 시민들을 흡수시킬 수도 있다. 터널만 완공된다면 우리 군위는 대단한 발전의 기틀을 만들 수 있다.

특히 내가 하고 싶은 일은 농업기술을 전문으로 하는 '현대과학 농업전문대학'을 설립하거나 대구의 대학들과 협력하여 이를 설립하는 것이다. 여기서 오이를 이용한 화장품 개발이 내 최고 목표다. 이것만 성공하면 군위는 그 위용을 세계에 알릴 수 있다.

나는 아직도 이 꿈에서 헤어나지 못하고 있다. 그 부가가치는 실로 천문학적인 숫자가 될 것이다. 프랑스의 랑콤 못지 않은 '자연 웰빙 오이 추출물 화장품!' 이것이 나의 꿈이다.

'피에르 가르뎅'이 찾는 군위, 상상만 해도 즐겁지 않은가?

이영애라는 탤런트가 있다. 이 배우가 황토 화장품을 독자적으로 개발하여 여성들을 사로잡아 지금은 준 재벌쯤 돈을 벌었다. 그녀가 탤런트라서가 아니라 화장품이 호평을 받았기 때문이다.

외국 농산물이 아무리 물밀 듯 밀려와도 특수농작물이 성공하면 거꾸로 외화도 벌 수 있고 내수도 활발하게 될 것이다.

이를 이루기 위해서는 또 정치가 필요하다. 이 시대는 행정이 곧 정치고 정치가 곧 행정이며, 정치와 행정은 곧 세일과 통한다.

행정전문가로, 한 기업의 대표로, 오랜 정당생활과 도의원이라는 경험을 가진 내가 어찌 군위 발전전략에 관심이 없겠는가!

이 외에도 내심 하고 싶은 군위 발전전략이 많다. 지역행정은 이제 기업경영과 마찬가지다. 흑자를 내지 않으면 도산된다. 우리 군위는 지금 기업체로 본다면 엄청난 적자 회사다. 나는 이 적자를 흑자로 돌리고 싶은 것이다.

이와 함께 앞에 소개한 군위의 장대한 프로젝트가 실질적으로 시작된다면 우리는 명실공히 반짝이는 '과학농업단지', '레저 농촌'의 대 군위로 탈바꿈시킬 수 있을 것이다.

하고 싶은 말이 너무나 많지만 앞으로 나는 행동으로 보여줄 것이다.

군위 여성들이여 일어나라!

　　최근 남미와 아프리카에서 여성 대통령이 연이어 탄생되었다. 남
미 여성 대통령은 내각의 절반을 여성으로 채우겠다는 발표를 하기
도 하였다.

　　역사적으로 우리 조상 중에 성덕여왕과 진덕여왕이 있었는데 이
때가 신라의 중흥기(中興期)였다. 우리가 잘 아는 영국의 대처 수상
이 이끌 무렵 영국은 강력한 나라로 발돋움하여 대처 수상을 '철의
여인' 이라고 부르기도 했다.

　　우리나라도 박근혜 한나라당 대표가 차기 강력한 대통령 후보로
지목받고 있다.

　　우리나라 여성이 지금만큼 각광을 받은 적이 없다. 그만큼 여성
의 지위가 향상되고 사회 진출이 활발해졌다는 뜻이다. 차기 지방

자치선거에서 서울의 강금실 전 법무부 장관이 서울시장 후보로 출마한다는 보도도 있다.

우리나라는 수천 년 여성은 남성의 지위에 밀려 가사나 돌보고 남성의 부속물처럼 발언권 없이 살아왔다. 그러나 이제는 다르다. 여성에게도 남성과 똑같은 기회가 주어지고, 능력만 있다면 과감히 발탁하여 중용시킨다.

아들이라 대학 보내고 딸이라 진학을 포기하게 하는 시대도 아니다. 우리나라 명문대학 수석 졸업생이나 고시 수석 합격자, 심지어 3군 사관학교 수석 합격자가 여성에게서 나올 만큼 한국 여성의 저력은 결코 만만치 않다.

한국 여성은 몇 가지 특성이 있다. 인내심이 강하고 교육에 대한 집념이 강하다. 자녀 교육에 우리나라 어머니만큼 열정적인 나라는 본 일이 없다. 그리고 강하다.

우리나라 교육열이 세계 어디 내놔도 손색이 없는 것은 이런 우리 어머니들의 열성 때문이다.

나는 군위 발전을 위해 좀 더 많은 여성이 우리 군위 사회에 진출하기를 바란다. 가능하면 군의회에도 더 많이 진출하고, 여성 사업가도 더 늘어나길 바란다. 인류의 인간 중 여성과 남성의 비율이 어느 정도 반반을 차지하고 있다는 것을 감안할 때 이 기대는 타당성 있는 기대라 할 것이다.

그래서 여성정책도 실질적인 면에서 집행되고, 애로사항이 그때 그때 반영된다면 우리 군위는 한층 나은 살림을 하게 될 것이다.

이를 위해서는 무엇보다 남성의 이해와 협조가 필요하다.

"여자가 뭘 해, 밥이나 하지."

"여자가 해 봤자 얼마나 하겠어."

"크크, 여자가 뭘 한다고……."

이것은 해묵은 발상이다. 이런 사고방식으로는 절대 발전하지 못한다. 이런 낡은 사고방식으로 어떻게 이리 급변하는 시대를 살아갈 수 있겠는가?

남성들의 이해와 지지를 기대하기 전에 여성들의 사고전환도 반드시 필요하다.

"나 같은 여자가 뭘 한다고……."

"누가 뭐라고 하면 어떻게 해."

이런 구태(舊態)적 생각으로는 여성은 절대 발전하지 못한다.

명절 때만 되면 결혼한 여성들의 가장 큰 불만이 '여자들은 죽도록 일하고 남자들은 고스톱이나 치고 있다.' 라는 것이다. 부엌일은 여자 전용이라는 낡은 생각 때문에 벌어지는 일이며 이런 푸념은 해마다 되풀이되고 있다.

이것은 잘못된 생각이다. 크게 봐서 국가 경쟁력에서 여성이 동참한다면 그 실적은 배가(倍加)될 것이다. 훌륭한 인적자원을 왜 낭비하는가.

이미 대도시에서의 남성 역할은 여자 남자가 구별되지 않는다.

모두가 바쁘다 보니 부엌 살림은 시간나는 사람이 해결한다. 시간나는 대로 역할을 바꿔야 바쁜 현대를 살아갈 수 있다. 배가 고파도 아내가 밥상을 차려주지 않으면 안 먹겠다고 버티다가는 결국 밥만 쫄쫄 굶게 마련이다.

이제 이런 시대는 물 건너갔다. 남녀 구별 없이, 상호협조 없이는 살아가지 못한다. 남자가 여자가 할 일을 한다고 체면이 구겨지는 것이 아니다. 모두 협력하면 협력하는 만큼의 소득이 있게 마련이다.

그런데 재미있는 일화가 있다.

충남에 도의원 친구가 하나 있다. 이 친구가 여성의원 진출을 강력하게 원하여 자신이 물러난 자리에 이 여성을 추천하여 출마하게 하였다. 여러 개인적 일로 도의원을 사퇴하게 되었지만, 자신의 지지자들의 반발이 너무나 드셌고 격렬히 항의하여, 의원은 지지자들을 설득하며 이 여성후보를 내세운 것이다.

지지자들은 자신감에 넘쳐 있었다. 남성 상대후보보다 월등한 경력에 지역 인지도도 높다. 인품도 괜찮아 틀림없이 당선되리라 믿었다. 더구나 여성 유권자가 절반을 상회하니 크게 걱정할 일도 아니라고 오판한 것이다.

그러나 막상 선거를 치르고 당락 발표를 보니 훨씬 많은 격차로 낙선한 것이다.

후에 낙선 이유를 분석해 보니 놀라운 결과가 나왔다는 것이다. 여성 유권자들이 등을 돌린 것이다. 이유는 간단했다.

"여자가 뭘 한다고 그런데 나서느냐."는 것이었다.

여성이 여성후보를 폄하한 것이 낙선의 이유였다. 웃지 못할 일이었지만 그게 현실이라며 허탈해 하는 모습이었다.

나는 우리 군위에 이런 덜 깨인 여성은 없으리라 보지만 여성이 여성을 폄하하고 없이 여긴다면 우리나라 발전 속도는 그만큼 늦어질 것이다.

군위 여성들이어 일어나라! 군위는 여러분의 용기와 능력과 애향심을 애타게 기다린다.

여러분 여성들에 의해 우리 군위는 한층 발전할 것이다.

제3부

정치와 나

언론에 비쳐진 나의 모습

도의원에 당선된 후 나는 이런 저런 일로 언론사와 접촉할 기회가 많아졌다. 내가 언론을 필요로 할 때도 있고, 언론이 나를 필요로 할 때도 있다.

나는 그동안 전국을 커버하는 정치전문 언론사와 두 번 인터뷰를 했는데, 이건 모두 언론사가 나를 필요로 하여 이뤄진 인터뷰였다.

나는 기자들을 만나면 허심탄회, 소탈한 심정으로 내 속내를 털어놓곤 했다.

그리고 나를 위장하지도 않았다. 생긴 그대로, 있는 그대로, 그리고 그들이 미리 취재해 온 내용들과 큰 차이 없이 들려주었다.

과장하지도 축소시키지도 않은 내 생긴 그대로 모습이다.

〈주간인물〉은 본사를 부산에 두고, 서울을 비롯한 주요도시에 지점을 둔 인물보도를 중심으로 하는 '시사전문지'다. 그리고 또 하나 〈헤드라인 뉴스(Headline News)〉는 발행처가 서울로 되어 있는 '전문정치 시사잡지'다.

영광스럽게도 〈주간인물〉은 나를 표지 사진으로 올려놓았다. 이런 대접을 받으리라고는 상상하지도 못한 일이었다.

〈헤드라인 뉴스〉에서 인터뷰 연락이 왔을 때 나는 정말 정신 없이 분주할 때였다. 그래서 몇 번이나 약속을 미룬 뒤에야 겨우 응할 수 있었다. 이 역시 내게는 영광스러운 자리였다.

헤드라인의 편집자문위원 중 제일 앞머리에 실린 이름이 이성춘 (李成春)이라는 분인데 이분은 한국일보 정치부장, 편집국장을 지낸 유명한 언론인으로 방송에도 자주 나오는 존경받는 논객(論客)이다.

이 두 언론매체에서 날 찾아준 것은 여간 의미 있고 영광스러운 일이 아닐 수 없다. 그런 뜻에서 이 자리를 빌려 인터뷰 내용을 소개하는 것이다.

〈주간인물(週刊人物)〉 (2003. 8. 25.)

〈소외된 이웃과 지역 민을 위한 정치를 펼치고 있는 '장 욱' 경북 도의원〉

'도의원은 정치인이라기보다는 지역에 봉사하는 일꾼입니다'

국제화, 다변화되고 있는 21세기, 변화의 소용돌이 속에서 정치의 본질을 지켜나가며 지역 민에게 희망을 안겨다 주는 정치인이 있다.

시대적 흐름에 발맞추며 선진정치를 갈망하고 있는 경북도의회 '장 욱'이 바로 그 인물로 책임감 강하고 국가와 지역을 위해 고민하고 있으며, 봉사정신 또한 남다르다는 것이 주위 평이다.

늘 현실성 있는 정치발전과 지역발전에 혼신의 힘을 쏟겠다는 의지로 발로 뛰는 정치인 장 의원. 퇴보된 군위지역을 차츰차츰 변모시켜나가겠다는 장 의원은 지역을 살리는데 초점을 맞추고 오늘도 동분서주하고 있다.

'지역 민과 항상 가까이 하고자 하는 장 욱 의원'

작년 6.13 지방선거 무투표 당선 이후로 지역을 향한 다양한 활동을 전개하고 있는 장 욱 도의원은 자신을 '지역에 봉사하는 존재'라고 말한다.

이러한 무투표 당선이 군위생활체육회장, 인각사 신도회장, 축구협회장을 맡으며 지역의 활성화에 힘썼고, 수많은 봉사활동을 수행함으로 군위지역 내에서 상당한 지지를 얻게 된 결과물임을 짐작케 한다.

장 의원은 임기 동안 지역 민의 생활개선에 힘쓰며 열악한 환경을 개선하여 살기 좋은 도시로 만드는데 도의원으로서 최선을 다할 것임을 거듭 다짐했다.

"봉사활동을 하다 보니 기회가 와서 의원직을 수행하고는 있지만 봉사한다는 원칙은 변함이 없습니다. 그리고 제가 의원이 된 것은 지역을 위한 실질적인 일을 하라는 지역 민의 채찍질로 생각하고 당선 이후 나 몰라라 하는 정치인이 아닌, 왕성한 활동력을 지닌 일꾼으로서 업무에 임할 것입니다." 라고 말하는 장 욱 의원.

어려운 여건 속에서도 지역의 민생현안 해결이 급선무임을 실감하며 한층 더 지역 민과 가까이 가기 의한 노력을 게을리 하지 않는 모습이었다.

이러한 취지에서 현재 장 의원은 지역의 교육발전을 위해 최선의 노력을 아끼지 않고 있다. '군위군교육발전위원회' 의 이사장(군수)을 필두로 자신이 속해 있는 10명의 이사진과 더불어 매년 군위지역의 각 학교에 장학생을 선발하여 수백여 만원의 장학금을 지급하는 등, 많은 노력을 기울이고 있는 것이다.

"저희가 지역의 교육환경 개선에 중점을 두고 끊임없는 활동을 행하고는 있지만 부모님의 교육열 또한 무시할 수 있는 부분은 아닙니다. 대도시 학군을 옮기는 일이 하루 이틀이 아니지 않습니까? 지역의 교육환경도 중요한 것은 알지만 마땅한 학원도 없고, 보다 좋은 교육을 위해 대도시로 내보내면서 시골의 부채만 늘어가는 이러한 실정을 통감하며 군수님, 지역의 의원님들과 조금씩 해결해 나갈 계획입니다."라며 장 의원은 낙후되어 있는 교육환경 살리기에 열정을 쏟고 있다.

해병대 군위군 지회 회장단 이·취임식 • 장소

大師恩
보각국사 일연성사 제714주기 다례재

'사리사욕보다는 사회환원도 중요'

경북 군위가 고향인 장 욱 도의원은 3형제 중 막내로 태어났다. 제2대 도의원을 지낸 아버님의 영향을 받아 청렴과 정직을 평소 생활신조로 삼고 있다.

따라서 초선이든 재선이든 장 의원은 오로지 봉사라는 한 길만 걷겠다는 신념을 버리지 않고 있다. 그것은 그리 어렵게 자라지는 않았지만 사회에 진출할 당시에는 수많은 어려움을 겪어 본 그이기에 소외된 이웃에 대한 사랑은 남달랐다.

"어려움을 겪어 본 사람이 그 심정을 안다고 지역에는 많은 소외된 이웃이 있습니다. 봉사라는 것이 여유가 많아서 행해지는 것은 절대 아닐 것입니다. 하지만 지역사회를 위해 자신이 뭔가를 행할 수 있다는 사실만으로도 행복한 일이지요. 사회환원이란 단어도 평소 제 기본적인 생각입니다."라고 말하며 장 의원은 사리사욕보다는 올바른 생각을 가지고 모든 일에 충실하다 보니 자연스레 모든 일이 잘 풀린 것 같다고 겸손함을 보였다.

한편 큰 형님이 건설회사를 운영한 영향으로 건설업에 뛰어들어 건설업 20년이라는 노하우와 커리어를 소유하고 있는 장 의원은 도내 100위권 내에 진입할 정도로 내실 있는 기업으로 성장시켜 놓았다.

자신의 발전이 큰 형님의 건설업에 대한 후광 덕이라 말하는 장

의원은 실제로 건설업을 할 당시 그 누구의 도움도 없이 갖가지 어려움을 헤쳐 나가며 자수성가한 인물이다.

이것은 그의 정신력과 신념이 얼마나 확고한지를 보여주는 대목이다.

자신의 성공을 다른 이에게 돌릴 줄 아는, 그리고 더불어 살아야 한다는 사회에 대한 환원에 대한 생각 또한 이기주의가 팽배한 현실에 비춰 볼 때 이는 지역사회에 귀감이 될 만하다.

나보다 남을 먼저 생각하고, 베풀려는 삶이 그리 쉬운 것이 아님을 우리는 스스로가 누구보다 잘 알고 있다. 하지만 지역을 대표하는 기업인으로서, 경북 도의원으로서, 한 가정의 아버지로서, 진정한 봉사의 의미를 실천하고 있는 장 욱 의원을 볼 때 진정한 성공의 삶이 경제적 부에 있는 것이 아니라 지역을 향한 따듯한 사랑에 있음을 보여준다.

이러한 인물이 지역에 있기에 보다 아름다운 세상을 기대해도 좋을 듯하다.

'기자와의 질의와 대답'

__도의원으로서 역점 사업이 있다면?

솔직히 군위라는 지역은 많이 열악합니다. 특히 교육환경이 더욱

더 그러합니다. 어려운 이웃들도 주위에 많이 산재해 있고, 지역 민이 바라는 수많은 사항들을 한 번에 해결해 드릴 수 없음을 안타깝게 생각합니다. 하지만 약 12억이라는 교육발전기금이 조성되어 있고, 군위군 전체에 쓰여지고 있습니다. 여러 애로사항들을 군수님과, 1지구의 도의원님, 그리고 군의원님들 8명과 같이 손발을 맞춰서 차츰차츰 실행에 옮길 예정입니다.

__도의원으로서, 전문 기업인으로서, 평소 철학이 있으시다면?

의원이든 건설인이든, 정말 지역 민을 위한 참 봉사인이 되어야 한다는 생각에는 변함이 없습니다. 그리고 사회환원에 대한 생각은 기본 마인드입니다. 그러한 마음이 기본이 된다면 그리 어려움 없이 의정활동을 수행해 나갈 수 있으리라 봅니다. 따라서 현재의 의정활동을 위해 건설업도 위임한 상태입니다.

__지방의원으로서 유급정책이라든지 현 정책에 대한 생각은?

다른 의원들과는 약간 생각이 틀릴 수도 있지만, 유급화보다 보좌관이 더욱더 절실히 필요합니다. 의원마다 맡은 직무에 대한 전문성이 부족하기 때문에 급여보다 집행부에 견제수단도 되고, 감시도 되는, 한 마디로 서로 잘 되도록 하는 방법이 필요합니다. 지역 민을 위해서라도 지방의원도 이제 전문화가 되어야 하는 시대입니다.

__앞으로 계획이 있으시다면 한 말씀해 주십시오?

최선을 다하고 열심히 일하면 좋은 결과가 나올 것이라는 생각뿐입니다. 제 평생의 숙원사업이, 양로원, 고아원, 장학재단을 설립하는 것입니다. 임기중에 실행에 옮겨진다면 더욱 좋겠지만 만약 그렇게 안 되더라도 어떻게든 하나라도 행할 예정입니다. 고아원 같은 경우는 인근에 폐교가 있으면 인수할 계획에 있습니다. 이를 위해 지금까지 의원직을 맡으면서 받은 수당과 사비를 조금씩 모으고 있는 중입니다. 사회환원이 제 유일한 꿈이기도 합니다.

〈헤드라인 뉴스(Headline News)〉(2004. 8)

〈정치는 지역 주민을 위한 또 다른 형태의 봉사활동(경상북도의회 장 욱 의원)〉

—의회 연수와 후반기 의장단 구성 등으로 인해 경상북도의회 장욱 도의원과의 인터뷰 일정은 서너 차례나 연기되어 지난 6월 7일에야 겨우 만날 수 있었다. 최초로 전화통화를 한 지 거의 한 달 만

이었다. 발로 뛰는 의정활동의 바쁜 일정 속에서 만난 장 욱 도의원의 첫 인상은 기성 정치인들이 갖고 있던 딱딱함과 권위를 쉽게 찾기 힘든 친근하고도 신선한 모습이었다.(기획특집국 취재 이상근 본부장)

2002년에 있은 6.13 지방선거를 통해 정계에 입문한 경상북도의회 '장 욱' 도의원은 초선임에도 불구하고 신뢰감 있고 왕성한 의정활동으로 지역 주민의 진정한 대변자로서의 역할을 다해 오고 있는 장본인이다. 정계에 입문하기 전 오랜 봉사활동을 통해 지역 주민들의 사랑을 받아온 장 의원은 정치도 지역 주민을 위한 봉사의 일환이라고 한다.

'현장 중시하는 의정활동 펼쳐'

장 의원이 짧은 정치경력에도 불구하고 지역 민들의 변함없는 사랑을 받아오고 있는 것도 바로 이 때문이다. 그는 항상 주민들 곁에서 주민들의 의견을 충분히 수렴하고 지역의 현안사업과 주민 숙원사업이 최우선으로 추진될 수 있도록 의정활동을 펼치고 있어 주목받고 있다.

현재 그는 군위지역의 숙원사업이었던 팔공산 터널에 거는 기대가 크다. 팔공산 터널이 개통되면 대구역까지 20분 가량 단축되어

경 연계1리 새마을회관 준공 기념 축
일시: 2003. 5. 13

군위를 경북 중심의 농축산물 물류기지, 대도시의 배후도시로서의
기반을 구축할 수 있기 때문이다.

또한 그가 관심을 갖고 있는 분야는 농업 분야다. 그는 지역 70%
가 농업소득에 의존하고 있는 점을 감안하여 친환경 농업육성으로
도시민에게 인기 있는 고품질 농산물 생산과 농업 경쟁률 확보를
위한 농산물의 브랜드 확보가 시급하다고 강조한다.

그동안의 의정활동을 통해 영농자재, 비료를 비롯하여 군위 지역
의 황금 배, 산성오이, 양파, 마늘 등의 수출 주력상품에 대한 경북
도 차원의 지원을 이끌어내는데 일조하기도 했던 장 의원은 "지난
10년 동안 농업 분야에 무려 62조 원이라는 막대한 예산을 쏟아 부
었지만 농촌의 빈곤문제가 해결된 것은 전혀 없습니다. 근본적으로
생산성이나 가격 경쟁력이 없고 숫자도 적은 농민들에게 직불제를
도입, 확대하는 한편, 저소득 영세소농의 경우는 국민 기초생활보
장법에 의한 최저 생활권을 보장해 주어야 합니다."라며 "식량자급
율이 25% 대에 불과한 우리나라 식량안보 차원에서도 이러한 농촌
에 대한 지원은 당연한 것"이라고 덧붙였다.

그는 마을마다 회관과, 경로당 건립은 물론 주민생활 불편 해소를
위해 마을의 상수도를 비롯해 안길 포장 등 주민 숙원사업을 군위
군과의 긴밀한 협조로 해결했을 뿐 아니라, 군위군에서 추진하고
있는 각종 사업에 대한 예산확보에도 좋은 성과를 거두고 있다.

'지역 체육회의 맏형'

　장 의원은 지난 1997년 군위군 내에 흩어져 있던 축구동호회를 한 곳으로 모아 축구협회를 결성, 초대회장을 맡으면서 체육계와 인연을 맺었다.

　이후, 군위군 생활체육협의회 회장에 취임하면서 그의 활동도 단연 눈에 띈다.

　볼링, 배드민턴, 테니스, 탁구, 수영, 게이트볼협회의 지원을 해주는 한편, 매년 생활체육동호회인 가족 1,000여 명이 참가하는 '한여름밤 수련회'를 개최하며 회원들의 단합과 생활체육의 활성화를

꾀했다.

지난해까지만 해도 경상북도 생활체육대회에서 스포츠 불모지나 다름없었던 군위가 7종목이나 우승한 것도 바로 이러한 그의 노력이 있었기 때문에 가능했다고 주민들은 입을 모은다.

뿐만 아니라 그는 우보면 방범대장 직을 10여 년간 맡아오면서 대원들의 힘과 역량을 결집시켜 방범, 순찰 등 경찰업무에 협조하는 한편, 해병대전우회 회원들과 등하교 길 교통안전지도, 교통사고 예방 캠페인을 펼치는 등, 왕성한 지역활동으로 2003년 12월에는 경찰청장 표창을 수상하기도 했다.

'교육 분야에 남다른 열정'

"계속되는 농업의 불황과 불확실한 미래는 지역 인구를 감소시키는 원인이 되었으며 이는 다시 낙후된 주거환경과 열악한 교육환경으로 이어져, 인구의 감소를 더욱 부채질하고 있습니다. 학생들은 좋은 대학에 진학하기 위해 중학교만 졸업하면 도시지역으로 전학을 가 버리기 때문에 농촌지역의 교육공동화현상이 한층 심화되고 있습니다."

장 의원은 농어촌지역의 교육사정이 황폐화되어 붕괴 직전에 있다면서 하루 빨리 농어촌지역의 교육환경 개선과 탄탄한 교육 인프라를 구축해야 한다고 지적한다.

교육 분야에도 남다른 열정을 보이며 교육환경 개선과 우수 교사 초빙으로 지역 명문학교를 육성해야 한다고 말하는 장 의원.

그는 올해 서울대학교를 입학한 군위여고 출신의 홍 모양이 가정 형편이 어렵다는 소식을 듣고 졸업할 때까지 4년간의 학비 일체를 지원키로 했다. 또한 앞으로도 군위군 내 고교 졸업생 중 서울대학교에 입학하는 학생들에게 4년간 전액 장학금을 지원할 예정이다.

장 의원은 또 지역교육환경 개선을 위해 설립된 군위교육발전위원회에 수천만 원을 기탁하기도 했으며 매년 군위지역의 각 학교에 장학생을 선발하여 해마다 장학금을 지원하는 등 지역의 일이라면 분야를 가리지 않고 자신의 일처럼 적극 나서고 있다.

환경이 어려운 소년, 소녀 가장들을 위해 고아원 설립을 추진하고 있는 장 의원은 이를 위해 매달 받는 의정활동비 전액을 한 푼도 쓰지 않고 고스란히 모으고 있어 사회의 좋은 귀감이 되기도 한다.

"고아원 설립을 위해 일차적으로 5억여 원의 자금을 마련할 계획입니다. 이 일은 제가 의원직을 그만두더라도 제가 할 수 있는 마지막 봉사라고 생각하고 소신껏 실천해 나갈 생각입니다."라고 힘주어 말한다.

대다수 국민들에게 정치는 공허함으로 다가온다. 정치가 나라와 국민을 편안하게 하기보다 정치인과 그들이 속한 당의 밥그릇에 더 신경 쓰기 때문이다. 그래서 국민을 위한 척하며 대의명분을 내세우는 정치권의 행태에 국민들은 이미 식상할 대로 식상한 상태다.

이러한 가운데 정치는 지역주민을 위한 또 다른 형태의 봉사활동
이라며 초심을 잃지 않고 '말' 로서 하는 정치가 아니라 '행동의 정
치' 를 묵묵히 실천해 나가고 있는 경상북도 의회 장 욱 의원.

앞으로 그의 행보를 더욱 기대해 본다.

나는 분에 넘치는 기사를 읽으며 정말 열심히 일하는 군위 군민의
한 사람이 되어야겠다는 결의를 다지지 않을 수 없었다.

그렇다. 해 아래서 일어나는 일 중에서 헛되고 헛되지 않는 일은
하나도 없다. 그러나 이 헛되고 헛된 짧은 인생이지만 보람된 일을
하면 그나마 위안이나 되지 않을까?

끝까지 나는 이타행(利他行)의 길을 걸어갈 것이다.

나의 정치 이념

‘백성의 입을 틀어막는 것은 강물을 막는 것보다 어렵고 위험한 일이다. 강물이 둑을 터뜨리고 넘쳐흐르게 되면 반드시 큰 피해가 있을 것이다.’

당(唐) 왕조의 16대째 려왕(厲王)은 무도하고 포악하여 특히 자신에 대한 비판의 소리를 극히 싫어하였다.

그래서 그는 위(衛)나라에서 유명하다는 무녀(巫女)를 불러다가 점을 치게 하여 정치를 비판하는 자를 찾아 닥치는 대로 사형에 처하는 것이었다.

그래서 사람들은 길에서 마주치더라도 눈인사로만 지낼 뿐 아무 말도 하지 못하고 지났다.

이렇게 되자 려왕은 “이제야 욕하는 놈들이 없게 되었다.” 하면서 만족해 했다.

왕의 지나친 언론 탄압을 보다 못한 재상 소공(召公)이 간한 말이 바로 위의 말이다.

결국 려왕은 14년 뒤 망명지에서 죽었으며 소공의 집에 숨어살던 선왕(宣王)이 그 뒤를 이었다.

열린우리당이 정권을 잡던 초기, 집권당은 '경제가 살아나지 않는 것은 모두 언론 탓이다.'라며 모든 책임을 언론에 떠넘겼고 일부 과격한 열린당 지지자들은 '조선일보 죽이기' 에 나서기도 했다.

각을 세우고 있는 입장에 있는 언론의 말을 들어 볼 생각은 하지 않고 입을 막아 보겠다고 하거나, 자신의 잘못을 남에게 덮어씌우려는 것은 절대 바람직하지 못한 일이다.

자신들만 도덕적이고 남의 당은 부도덕하고 비굴한 당이라고 공격하는 것도 옳지 않다. 잘못된 것을 잘못되었다고 하는 것이야 당연한 일이지만, 비합리적이고 국민이 납득할 수 없는 일을 국민이 이해하지 못한다고 비난하는 것도 마찬가지다.

고등학생 머리를 짧게 자르라고 하는 것은 인권위반이라며 인권을 그렇게 앞세우면서도, 무제한 경제지원을 해 주는 북한 인권에 대해서는 침묵을 고수하는 것도 바람직한 일이 아니다.

이러한 국민의 생각과 발언을 분석하고 이해하는 정부가 진정한

민주정부라 하겠다.

나는 '한나라당' 창당 때부터 정당생활을 해 왔다. 한나라당은 그 뿌리를 '보수세력' 에 두고 있다. 그러니까 과거 공화당에서부터 민정당, 한나라당으로 이어지는 보수세력이 그 뿌리라 하겠다.

보수세력도 과거에 잘못은 있었다. 그러나 보수세력은 이 나라 경제를 죽음에서 살려낸 빛나는 공로가 있고, 지금도 나라를 살릴 수 있는 유일한 정당이라는 생각에서 택했다. 그리고 과거 잘못을 스스로 고쳐나가는 자정의 능력도 있는 정당이다.

그러나 무엇보다도 황폐해진 나라경제를 살릴 유일한 대안이라는 데서 나는 옳은 정당을 선택했고 본다. 아무리 이념이 좋고 민주화도 좋지만 경제가 무너지면 모든 것을 잃게 된다. 그것이 현대정치의 핵심이다.

한나라당은 이를 해결할 유일한 정당이며 희망을 가져도 좋을 정당이다. 그러니까 나는 개혁적 보수 성향을 가진 정당인이라고 말하면 된다.

박정희 전 대통령이 독재자인가?

‘민족 중흥의 아버지’, ‘근대화의 기적’, ‘진정한 혁명가’, ‘위대한 대통령’

이것이 우리가 가지고 있는 박 대통령의 이미지다.

우리가 흔히 1960년대 힘들고 어려웠던 시절을 말하면 지금 세대들은 선뜻 이해하지 못한다.

옷을 기워 입고, 밥을 굶고, 경제사정으로 중학교 진학도 못하는 사람들이 부지기수였다. 사는 것이 아니라 생존해 있는 것이 다행인 시절이다.

이에 육군 소장 박정희는 분연히 일어섰다. 자신도 가난에 찌들어 살았고, 가난이 얼마나 비참한지를 잘 안다. 그래서 이 땅에서 영원히 가난을 몰아내겠다고 일어선 것이다.

이것은 '혁명' 이지 '쿠데타' 가 아니다. 만일 그가 권력에만 취해 있고 국민을 돌보지 않으며, 경제강국 건설에 실패했다면 '권력욕에 눈이 먼 군사 독재자' 로 낙인찍혀 마땅하다.

그러나 그는 그러지 않았다. 혁명에 성공하자 나라 틀을 바꾸는데 모든 역량을 기울였다.

그 중에서도 경부고속도로 설계와 공사, 포항제철은 세계를 놀라게 한 사업이었으며 이를 기점으로 건설 붐, 자동차 산업의 시작 등 꿈 같았던 '잘살아 보세' 를 완성시킨 것은 가히 대 위업이라 아니 할 수 없다.

독일의 경제성공을 '라인강의 기적' 이라 부르던 시절, 박정희 전 대통령은 마침내 '한강의 기적' 을 일구어 낸 것이다.

기적 같은 경제성장을 이루는데 다소의 부정적인 면도 있었다. 다소의 독재적 면이 없었던 것은 아니다. 그러나 지금 민족의 제1과제는 가난을 몰아내는 것이지 모든 자유를 다 줄 수는 없었다.

한 번에 두 마리 새를 잡을 수는 없다. 그는 자유의 극히 일부를 유보시키는 대신 확실한 경제대국의 기반을 구축해 놓았다.

만일 그때 모든 자유를 허락했더라면 산업화 초기부터 노조의 데모, 고소 고발로 날이 새고 날이 저물었을 것이다. 만일 그 모든 것을 허락했다면 경제는 불도 피워 보지 못하고 꺼져 버렸을 것이다.

그분이 서거하신 후 남긴 재산도 없었다. 반대 세력들은 엄청난 재산이 쏟아져 나올 것으로 기대했을지도 모른다. 그러기를 바랐는

지도 모른다. 그러나 아니었다. 청렴하고 결백한 성격의 박 대통령은 남길 재산이 없었다.

그러나 위대한 유산을 남기셨다. '하면 된다' 는 민족적 자부심이 그것이다. '부유한 국가' 가 그가 남긴 유산이다. 그리고 우리는 오늘도 그 그늘에서 살고 있다.

이러한 업적과 발자국을 상기할 때 5.16을 감히 누가 쿠데타라고 할 수 있으며 '독재자의 군화 발자국' 이라고 말할 수 있겠는가?

솔직히 따져 보자. 박 전 대통령께서 경부고속도로를 준비하고 있을 때 가장 반대했던 사람들이 누구인가.

당시 민주당 인사들이었던 김대중, 김영삼 그들이었다. 고속도로 건설 반대 이유는 농지 훼손이었지만, 지금 생각하면 '혹 고속도로 건설에서 비자금을 만들어 정치자금으로 쓰려던 것이 아니었나' 하는 의심을 했기 때문으로 판단된다.

박 대통령의 기질을 몰라도 너무나 몰랐던 것이다. 그런데 문제는 지금 일어나고 있다. 일부 급진 진보세력들이 민주화를 한다며 집권하더니 박 대통령을 독재자, 군 파쇼로 몰아가고 있으며 심지어 친일파로 까지 비화시키고 있다.

공은 다 숨겨두고 극히 일부의 과(過)만 들추어 모욕을 주고 있다. 이것은 절대 있을 수 없는 일이다.

인간의 일에서 신(神)처럼 완벽한 존재는 있을 수 없다. 때문에 한 지도자를 평할 때는 그의 공(功)과 과(過)로 평가하는 것이다.

　　나는 이 정부가 더 이상 박정희 전 대통령을 폄하하는 일이 없기를 바란다. 이 정권도 곧 과거정권이 된다. 그때를 대비해 국가 발전에 더 힘을 쏟기 바란다. 평가는 역사가 하는 것이다. 그리고 국민 정서가 하는 것이다. 인위적인 평가는 곧 시들게 마련이다.

내가 만난 박근혜 한나라당 대표

박근혜, 내가 정치에 입문할 때까지만 해도 그녀에 대한 이미지는 간단했다. '박정희 전 대통령의 영양(令孃), 조용하고 아름다운 미모를 갖춘 여성, 모친 육영수 여사를 닮은 포근함.' 고작 그 정도였다. 그러나 지금 이 시점에서 가지고 있는 박근혜 대표의 이미지는 훨씬 다르다.

처음 박 대표를 만나 인사를 나눌 때 솔직히 나는 가슴까지 떨려왔다. 평생 존경해 마지않는 위대한 대통령의 영식. 그리고 사진에서 수없이 보아온 대통령 가족사진에서의 박근혜 대표를 직접 만날수 있다는 영광스러움이 배어 있었기 때문이다.

여기까지는 박 대통령의 후광이다. 그러나 또 하나 나를 감동시킨 것은 분연히 일어나 정계에 돌아와 보인 그녀의 발자국이다. 그

발자국들이 또 나를 감동시킨 것이다.

'과연 이 험한 정계에서 무엇을 할 수 있겠는가?' 이것이 처음 내가 가진 우려였다. 정치 경험이 없는 한 가냘픈 여성이 뛰어든 곳은 남자들도 벅차게 생각하는 정치세계였기 때문이다.

그러나 하루 이틀이 지나며 나의 우려는 우려에 불과했다. 정치 솜씨가 너무나 매끄럽고도 사리분별이 너무나 뚜렷하여 나는 감히 그녀가 대통령이 된다고 해도 이상할 것이 하나 없다는 생각까지 갖게 되었다.

웃으며 악수하는 손이 너무나 감격스럽고 따듯했다. 그리고 힘든 당을 추스르는 모습이 너무나 고마웠다.

부드러운 모습은 틀림없는 고 육영수 영부인 모습이다. 그러나 고뇌하고 결단을 내릴 때의 모습은 갈 데 없는 박 대통령의 모습이다.

국민들로부터 존경받는 두 분의 딸로서 그녀는 두 분의 장점만 용케도 닮아 있었던 것이다. 속담에 '콩 심은 데 콩 나고, 팥 심은 데 팥 난다.' 라는 말을 실감하게 만들었다.

박 대표의 정치력은 어디서 나오는 것일까. 그녀는 청와대에서 성장했다. 육 여사 서거 후에는 영부인 역할까지 수행해야 했다. 그리고 가족의 비극을 온몸으로 견뎌내야 했다. 그렇게 성장하며 한 여성으로서가 아니라 한 인간으로서 성숙해지기 시작했다. 그러면서 정치를 배우고 있었다.

인생에 대해 남이 경험할 수 없는 일들을 겪은 데다 맏딸이라는 막중한 책임이 그녀를 더욱 성숙하게 영글도록 만들었다.

부친을 닮은 결단력! 그리고 모친을 닮은 따듯함과 친화력. 이런 장점에 뛰어난 두뇌를 가졌으니 마치 삼국지(三國志)의 유비 같은 성품을 닮아 모든 사람들로부터 존경과 사랑을 받는 것이다.

박 대표가 4개 국어에 능통하다는 것은 이미 언론을 통해 잘 알려진 사실이다. 단순히 박 대통령의 딸이라는 후광만으로 정치하는 것이 아니라는 분명한 증거다.

박 대표의 포용력은 너무나 잘 알려져 있다. 누군가 박 대표를 비난하면 그녀는 즉각 대응하지 않는다. 비난하는 당사자가 스스로 잘못을 깨달을 때까지 기다린다. 그리고 화해를 요청하면 그의 잘못을 잊고 깨끗이 받아들인다.

그러나 여당과의 투쟁에서는 그렇지 않다. 사학법 개정반대, 길거리 투쟁만 해도 처음에는 정중히 재고할 것을 요청하였다. 사학법 개정 내용이 잘못하면 나라를 뒤집을 수도 있다는 우려 때문이다. 이 내용이 모두 어린 학생 교육과도 관계가 있다고 판단한 것이다.

개정반대를 정중히 요청했음에도 불구하고 정부가 반응을 보이지 않자 극단적인 처방을 내렸다. 이것이 바로 국회 등원거부와 길거리 투쟁이다.

'며칠 하다가 말겠지― 이 엄동 설한에― 두고 봐!'

이것이 여당의 추측이었으리라. 하지만 천만의 말씀! 박 대표는

당원들과 함께 전국 각 지역을 돌며 투쟁을 계속하고 있다. 그 결단력과 용기와 인내에 처음엔 난색을 표하던 반대파들도 지지로 돌아섰다. 그 돌파력은 마치 박 전 대통령을 연상하게 한다.

그분의 자상함은 또 어떤가? 나는 최근 박 대표를 만난 한 분의 에피소드를 들을 수 있었다. 바로 얼마 전 군위를 찾아왔던 문화 언론계에 계시다는 그분이었다. 그분은 박 대표와의 만남을 이렇게 회고하고 있었다.

2003년 어느 날, 국회에서 김천의 임인배 의원님과 한담을 나누고 있었죠. 정계, 문화계 등 관심 있는 분야에 대한 이야기를 나누다가 우연히 북에서 탈출한 '황장엽 선생' 이야기가 나왔어요. 제가 그분과 아주 가깝다는 말을 했죠. 황 선생님이 미국에 가셨을 때 워싱턴에서 갑자기 보고 싶다며 그 바쁜 와중에도 제게 전화까지 하셨어요. 빨리 귀국해서 만나자고요. 이렇게 가까운 사이라고 말했더니 임 의원님께서 한 가지 제안을 하더군요.

국회 내에 모임이 하나 있는데 황 선생님을 모시고 세미나 한 번 열 수 있겠느냐는 제의였죠. 그래서 여기 저기 쫓아다니며 이 일을 성사시켰어요. 그런데 박근혜 대표님도 나오신다는 거예요. 아직, 황장엽 선생과 인사가 없었다고요. 저는 너무나 기뻐했죠. 저도 아직 박 대표님을 만나 본 일이 없었거든요. 지만 군은 박태준 어른을 모시고 있을 때 잠깐 만나 본 일이 있지만 박 대표님과는 아직 뵈온 일이 없다고 했더니 그날 인사시켜 드리겠다고 했어요. 저는 가슴이 뛸 정도였죠. 정말 한 번 뵙고 싶었거든요.

시내 모 호텔에서 세미나가 열리는데 전 그날 아침 일찍 나가 황 선생님과 경호원들을 안내했고 마침 도착한 박 대표님을 만나 두 분을 소개해 드려 첫 인사를 나누게 되었습니다. 임 의원님은 저를 박 대표님에게 소개해 주셨어요. 오늘 이 자리를 주선한 주인공이라고요.

무척 따듯하게 대해 주셨어요. 전 그날을 잊지 못하고 있습니다.

그리고 넉 달이 지난 어느 날, 국회에서 있었던 모 행사장에서 또 박 대표님을 뵙게 되었어요. 먼저 절 알아보시고 악수를 청하며 '그

때는 고마웠다. 황 선생님은 잘 계시느냐.' 는 인사를 하시는 거예요.

깜짝 놀랐죠. 전 어려워서 주춤주춤 하고 있었는데…… 참 자상하시고 따듯한 분이시구나 생각했죠.

박 대표님을 만나 본 사람들이 한결같이 하는 말이 있다.

"참 따듯하고 자상하신 분!"

비단 이분만이 아니라 한결같이 입을 모으는 박 대표에 대한 평가다.

그렇다. 사람의 평가는 하루아침에 얻어지는 게 아니다. 평소 소박하고 따듯한 마음을 늘 간직하고 있어야 한다.

만나 본 모든 사람의 평이 그렇다면 그건 그분의 정직한 성품일 것이다. 나도 박 대표 님을 만난 일을 추억에 오래 간직하고 있다.

대통령이 되어도 충분하실 그 어른을…….

맥아더 장군 동상 철거?

한때 인천공원에서 놀랄 만한 사건이 있었다. 일부 진보세력들과 몇 민노당, 열린당 의원들이 맥아더 장군의 동상을 철거해야 한다며 농성을 벌였고, 이를 반대하는 보수 우익세력과 한나라당 의원들이 철거를 반대하는 시위를 벌인 일이다.

진보, 보수 우익세력 간의 갈등이 어제오늘이 아니지만, 이건 너무 지나친 것이 아닌가 개탄을 금할 수 없었다.

먼저 맥아더 장군에 대한 역사를 소개하고자 한다.

제1차 세계대전 당시 미국은 스페인과 전쟁을 벌인 일이 있었다. 이때 미국의 승리를 이끌었던 A 맥아더 장군의 아들이 바로 '더글러스 맥아더' 장군이다.

그는 1903년 웨스트 포인트(세계 최강의 미 육군사관학교)를 수석으로 졸업했으며 그의 졸업 성적은 아직도 뛰어넘은 자가 없을 정도의 우수한 장군이었다.

미국 군(軍) 내에서는 극동을 가장 잘 아는 극동전문가였다.

1936년 필리핀 군의 고문으로 일하다가 1937년 일단 퇴역했다가 1941년 7월 군으로 복귀, 미국 극동군 사령관으로 다시 필리핀에서 근무하였다.

제2차 세계대전이 일어났을 때, 아무런 준비가 없던 필리핀을 일본군에게 빼앗겼으나 1945년 7월 다시 탈환하였고 이해 일본으로부터 항복을 받아낸다.

미 군함 미조리 함상(艦上)에서 일본 천황의 항복 문서를 받는 장면은 세계적으로 유명하다.

1950년 6.25가 발발하자 유엔은 풍전등화에 빠진 한국을 살리자는 결의를 하여 낙동강 전투가 한참일 때 그 유명한 인천상륙작전을 시도하여 수도 서울을 탈환시켰고, 북한군의 주력부대를 남북으로 갈라놓아 고립시키는 데 성공한다.

하지만 북한 모두를 점령하여 통일의 기회로 잡자던 이승만 당시 대통령과 뜻이 맞아 계속 북진, 압록강까지 진격하였으나 중공과 소련의 개입을 두려워한 트루먼 대통령과의 마찰로 현역에서 은퇴한다.

한국은 그의 공을 기려 인천 자유공원에 동상을 건립했다.

어찌된 일일까. 왜 맥아더 장군을 전쟁 광으로 몰아가며 동상 철거를 주장하는 것일까!

6.25를 맥아더 장군이 일으켰나? 북한이 남침하지 않았다면 맥아더 장군은 한국에 올 이유가 없는 사람이다. 일부 진보세력은 남침의 책임이 김일성에게 있음을 알면서도 이 책임을 미국과 맥아더에게 떠넘기려 하고 있다.

심지어 6.25는 남한에서 일으킨 북진 전쟁이라고 하는 사람도 있다. 참으로 개탄스러운 일이다. 만일 인천상륙작전이 실패했다면 우리는 결국 공산화되었을 것이다.

인천에 장군의 동상을 세워 기념하는 것은 당연한 도리이며 6.25 당시 전사한 유엔군에 대한 추모의 상징이기도 하다.

파이프를 입에 문 그의 멋진 모습을 우리는 오래 간직해야 함에도 불구하고 그를 비난하는 것은 대한민국 국민의 한 사람으로서 도저히 납득할 수 없는 일이었다.

맥아더 장군을 전쟁 광으로 몰아가는 사람들은 한국이 6.25에서 패전하여 공산화되는 것을 원했다는 말인가?

일본을 패전케 한 그를 전쟁 광이라 한다면 일본이 계속 우리를 식민지로 두게 했어야 한다는 말인가? 그렇다면 그들이야말로 친일파 중 친일파가 아닌가!

스스로의 모순에 빠진 채 맥아더 동상을 철거하자는 사람들이야말로 국민과 역사 앞에 깊이 사죄하여야 할 죄를 지은 것이다.

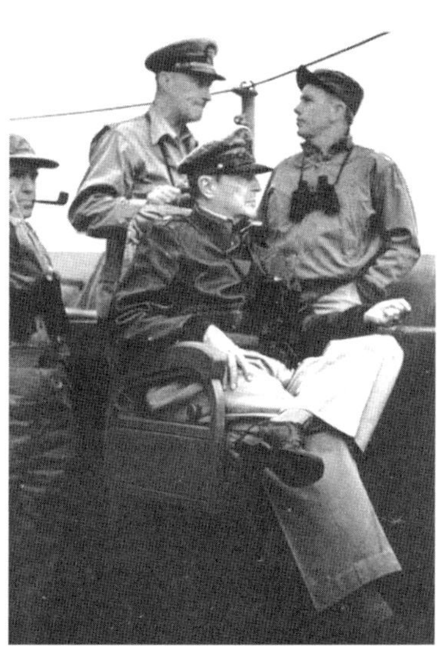

그렇다면 국민들은 맥아더 동상 철거를 어떻게 보고 있는가. '단비' 라는 닉네임의 네티즌 글을 통한 김명환 해병대전우회 총재의 발언을 들어보자.

〈김명환 해병대전우회 총재 '맥아더 장군 동상은 역사적 교훈' 상징〉

15일은 6.25 전쟁의 전세를 역전시키는데 결정적 역할을 한 인천상륙작전이 일어난 지 55년이 되는 날!

하지만 올 15일은 단순한 기념일을 넘어 우리나라의 국익과 장래를 걱정하는 국민들의 뜨거운 열정과 국익 수호의 의지가 폭발하는 날로 기록될 것이다.

특히 해병대전우회는 최근 일부 진보세력이 인천 자유공원 내 맥아더 장군 동상 철거를 요구하는 시위를 벌이면서 보혁(保革) 간 갈등이 높아지는 것을 보다 못해 15일 오후 2시 동상 앞 광장에서 국가 안보와 맥아더 장군 동상 수호 결의대회를 열 예정이다.

"맥아더 장군 동상이 철거되는 것은 흔한 조형물 하나가 쓰러지는 것이 아닙니다. 맥아더 장군은 한·미 동맹의 상징입니다. 그런 상징물의 철거를 주장하는 일부 세력의 움직임을 우리는 결코 좌시하지 않을 것입니다."

13일 만난 해병대전우회 김명환(金明煥:59, 해군사관학교 22기,

전 해병대사령관) 총재의 어투는 차분했지만 그 말 속에 담긴 내용은 단호하기 그지없었다. 김 총재는 그 이유를 이렇게 설명했다.

"동상 철거를 주장하는 세력들을 도저히 이해할 수 없지만 지금은 무엇보다 침착함이 필요할 때입니다. 흥분하기보다 속칭 진보세력이라는 쪽의 주장이 얼마나 잘못된 것인지를 국민들에게 설명함으로써 국민을 계도하는 것이 우선 돼야 하기 때문입니다."

이어 김 총재는 동상 철거를 요구하는 세력들의 주장을 조목조목 반박했다. 최근 상당수 친북 인사들이 6.25 전쟁 당시 미국 등 외세가 없었다면 큰 피해 없이 전쟁이 빨리 끝났을 것이라고 말하지만 이는 터무니없는 주장이라는 것.

소련을 등에 업은 북한이 불법 남침했는데도 미국이나 유엔이 개입하지 말아야 했다는 주장은 우리나라가 적화통일이 되었어야 한다는 말과 일맥상통하기 때문이다.

이 같은 이야기를 이어가는 동안 김 총재는 '안타깝다' 는 말을 연발했다.

미국의 경우 6.25 전쟁 중 연 인원 17만 명이 참전해 13만여 명의 전ㆍ사상자(전사ㆍ부상ㆍ실종ㆍ포로 등)를 냈는데 일부 세력의 주장대로 동상이 철거된다면 이는 한국을 위해 피 흘린 우방국들에게서 등을 돌리겠다는 뜻으로 받아들여질 것은 자명한 일.

세계인으로부터 신의를 저버리는 민족으로 손가락질 받는 것은 물론, 한ㆍ미 동맹도 큰 타격을 받을 수 있다. 한ㆍ미 동맹의 큰 틀

속에서 많은 외국기업이 우리나라에 들어와 각종 사업을 벌이고 있는데 이러한 적대적인 움직임은 국익에 반(反)한다는 것이다.

대통령부터 평범한 시민에 이르기까지 대다수 국민이 동상 철거에 반대하고 있는데 일부 세력이 이런 정치, 경제, 사회적인 상황을 외면한 채 맹목적인 주장만 하고 있다는 것.

이번 결의대회를 일회성 행사가 아닌, 국익을 지키려는 80만 해병대 전우들의 결의를 보여주는 출발점으로 삼기 위해 김 총재는 우선 연말까지 전우회 전국 16개 광역시·도 연합회 회원들이 순번제로 순찰활동을 벌이며 동상을 사수하겠다는 계획까지 세웠다.

"맥아더 장군의 동상은 6.25 전쟁과 같은 민족적 비극이 다시 되풀이되서는 안 된다는 역사적 교훈과 함께 어떤 위협 속에서도 지켜내야 할 자유와 안보의 소중한 가치를 일깨워주는 상징물입니다. 해병대전우회는 앞으로도 일부 친북, 반미세력의 맥아더 장군 동상 철거 계획을 단호히 척결할 것입니다."

맥아더 장군 철거 농성 소식을 접한 나도 분함을 참을 수 없었다. 당당한 해병대 출신의 한 사람으로서, 또 이 나라 국민의 한 사람으로서 분통이 터지지 않을 수 없는 일이다.

6.25 당시, 우리 해병대 선배들은 용맹과 국가에 대한 신념으로 뭉쳐 북한군을 잡는데 힘을 다했고, 이런 활약으로 세계 군인들은 한국 해병을 '귀신 잡는 해병' 이라는 별명까지 붙여주었다.

그리고 우리는 맥아더 장군을 비롯한 유엔 참전용사들을 잊지 않고 있다. 어떻게 이런 망발이 나오게까지 되었는지 참으로 분개에 몸을 떤다. 목숨을 걸고 북한군을 막기 위해 목숨을 바친 이 나라 호국 영령들에게 얼굴을 들 수 없다 .

인천 안상수 시장은 물론 반기문 외교부 장관까지 진화에 나서 일단락됐지만, 문제는 이런 친북세력이 아직도 우리나라에 존재한다는 사실이다. 경계심을 늦출 수 없는 일이다.

단호한 결의를 표명한 우리 해병대전우회 총재에게 감사의 인사를 드린다.

끝으로 트루먼 대통령으로부터 미움을 사 퇴역한 후 귀국하여, 1951년 4월 19일, 상하 양원 합동회의에 출석, 전쟁 광이라는 일부의 비판에 답하여 자신이 '평화애호가' 임을 강조, '노병은 사라질 뿐이다.' 로 끝나는 연설을 한 그 일부를 소개한다.

그러나 나는 당시(6.25 당시 한국전) 군 막사(幕舍)에서 가장 많이 불렀던 노래의 후렴을 지금도 잊지 않고 있습니다.

'노병은 결코 죽지 않으며, 그들은 오직 사라질 뿐이다.' 라고 가장 자랑스럽게 불렀던 노래를—.

그 노래의 노병과도 같이 본인은 이제 군인으로서의 경력을 끝내고 사라집니다. 스스로의 의무를 볼 수 있도록 하느님께서 빛을 주신 그 의무를 다하려고 노력한—

노병으로서. 안녕히들 계십시오.

But I still remember the refrain of one of the most popular barrack ballads of that day which proclaimed most proudly that "Old soldiers never die ; they just fade away." And like the old soldier of that ballad, I now close my military career and just fade away-an old soldier who tried to do his duty as God gave him the light to see that duty. Good Bye.

정치는 국민에게 봉사하는 일

정치를 하는 사람에게 가장 필요로 하는 것은 지도자로서의 정치 철학이다.

정치철학은 어렵고 근사한 것이 아니라 소박하고 간단하되 그 바탕이 국민을 위한 것이 되어야 한다. 실천 가능한 일, 자신을 겸허한 자세로 자신이 국민보다 아래라고 생각하는 마음의 토대 위에서 출발해야 한다.

돈이나 선동으로 국민 마음을 사로잡으면 일시적으로는 유효할지 모르나 오래 가지 못한다.

때문에, 정치는 권력을 가진 사람보다 국민이 위에 있어야 하고 그런 자세로 정치를 해야 한다. 국민을 위한 정치, 그것은 민주주의의 기본이다. 그리고 훌륭한 정치의 시작이다.

이 지구상에서 대통령 연설로는 가장 짧고 가장 유명한 연설문이 있다.

바로 에이브러험 링컨 대통령(미국 제16대 대통령 1809~1865)이 케티스버그(미국 펜실베이니아주에 있는 당시 남북전쟁에서 희생된 북군 묘지)에서 연설한 내용의 일부이다.

—(중략)— 세계는 오늘 우리가 여기 모여 무슨 말을 했는가를 별로 주목하지도, 오래 기억하지도 않겠지만, 그 용감한 사람들이 여

기서 수행한 일이 어떤 것이던가는 결코 잊지 않을 것입니다.

그들이 싸워서 그토록 고결하게 전진시킨, 그러나 미완으로 남긴 일을 수행하는데 헌납하는 것은 오히려 우리 살아 있는 자들입니다.

우리 앞에 남겨진 그 미완의 큰 과업을 다하기 위해 지금 여기 이곳에 바쳐져야 하는 것은 우리들 자신입니다.

우리는 그 명예롭게 죽어간 이들로부터 더 큰 헌신의 힘을 얻어 그들이 마지막 신명을 다하여 지키고자 한 대의(大義)에 우리 자신을 봉헌하고, 그들이 헛되이 죽어가지 않았다는 것을 굳게 다짐합니다.

신의 가호 아래 있는 이 나라는 새로운 자유의 탄생을 보게 될 것이며 국민의, 국민에 의한, 국민을 위한 정부는 이 지상에서 결코 사라지지 않을 것입니다.

링컨의 연설문에 나오는 이 유명한 말! '국민을 위한, 국민에 의한, 국민의 정부' 이 세 가지만 지켜준다면 나라는 참으로 조용해질 것이다. 이 세 가지만 염두에 두어도 정치는 국민의 사랑을 한몸에 받을 것이다.

그러나 현실은 그렇지 않다. 한 정부의 집권이 물러나고 새 정부가 들어서면 마치 연속극을 보듯 되풀이되듯 터져 나오는 전(前) 집권층 핵심부의 비리!

대통령 자신이 비리에 직접 연루되어 대통령이 교도소로 가는 어처구니없는 사태가 발생하는 것이 오늘의 현실이다.

링컨의 연설처럼, 그리고 그가 몸소 실천한 자유에의 의지. 국민을 위한, 국민에 의한, 국민의 정치를 했다면 이런 일이 왜 발생했겠는가?

30년 동지라는 전두환을 백담사로 쫓아보낸 노태우 정권도 그 자신이 부정한 돈에 연루되어 수감생활을 했고, 그들을 교도소 보낸 김영삼 정권은 임기가 끝나기도 전에 그 아들이 수감되는 것을 보아야 했다.

어디 그뿐인가. 국민의 정부라던 김대중 정권은 세 아들의 부패는 물론이고, 최 측근으로 알려졌던 박지원도 지금 완전히 폐인이 되다시피한 채 지금도 수감생활을 하고 있다.

모두가 힘있다고 어깨를 으쓱댄 결말이다. 왜 이런 일들이 끊이지 않고 반복되는가?

한 마디로 나라의 운명을 쥐고 있는 최고 권력자들이 가지고 있어야 할 중대한 덕목, 바로 정치철학이 없기 때문이다.

정치의 근본적인 책무가 무엇인지를 모르기 때문이다. 그들은 자신들이 왜 거기 앉아 있는지를 망각했기 때문이다.

고위직에 있다고 겸손하지 않았고, 국민들을 우습게 보았기 때문이다.

명심보감(明心寶鑑)에 이런 말이 있다.

有福莫享盡(유복막향진)하라
福盡身貧窮(복진신빈궁)이요

복이 있을 때 전부 누리지 말라. 그 복이 다하게 되면 가난한 몸
이 된다.

有勢莫使盡(유세막사진)하라
勢盡寃相逢(세진원상봉)하니라

권력이 있을 때 마구 쓰지 말라. 권력이 끝나면 원수와 만나게
된다.

福兮常自惜(복혜상자석)하고
勢兮常自恭(세혜상자공)하라

복은 항상 스스로 아껴 써야 하고, 권력은 항상 겸손하게 써라.

人生驕與侈(인생교여치)는
有始多無終(유시다무종)이니라.

인생에 있어 교만과 사치는 시작은 있지만 끝은 없느니라.

정치인들이 이 말을 한 번만 음미해 보았어도 그런 어리석은 일은 저지르지 않았을 것이다.

그 유명한 링컨의 연설을 몇 번만 읽고 그 뜻을 새긴다면 오늘날 정치인이 지탄받는 자리에 앉아 있지 않을 것이다. 부패에 연루된 사람들은 일부 깨끗한 정치인들에게까지 피해를 주고 있다.

정치는 국민에게 봉사하는 자리다. 위에서 군림하는 것이 아니라 가려운 것을 긁어주고 힘들고 아픈 곳을 매만져 주는 일이다. 나라에서 돈을 받아 생활하는 만큼 공복(公僕)으로서의 책무를 다하여야 한다.

사리사욕에 빠져 공직의 자리를 이용하여 치부하거나 부당한 이익을 주변에 넘겨주면 후에 반드시 후회할 일이 생긴다.

국민에게 봉사하기 위해서는 분명한 자기 철학과 끊임없는 자기 성찰이 필요하다.

그렇다고 정치인이나 행정가들이 오로지 봉사로 희생만 하는 자리일까? 기본적인 생활비가 나온다고 다른 득 되는 것은 없을까? 득이라는 것이 오직 경제적인 문제에만 국한되는 것일까? 아니다. 나는 그렇게 보지 않는다.

왜 많은 사람들이 선거 때만 되면 출마를 고려하거나 적극적으로 나설까?

나는 몇 가지로 분석하지만, 가장 멋있는 출마 동기 부여는 아무래도 인간의 본성인 자존심이 깔려 있을 것이며, 이 자존심의 중심에는 자신의 능력을 펴 보이고 싶은 야망일 것이다.

자신이 수립한 정책이 국민이나 지역 주민에게 행복을 줄 때의 기쁨! 자신의 정책이 옳았다는 것을 보여주는 자존심! 자신의 행정이 많은 주민에게 혜택을 주어 주민으로부터 진심 어린 고마움을 느낄 때.

나는 이런 동기 부여를 가장 존경한다. 나도 그런 동기 부여를 제일로 삼는 사람이다. 동물적 지배욕도 아니고, 선거에서 승리한다는 욕구 때문만도 아니다.

이러한 진정한 국민과 주민을 위한 정책과 행정을 위해서는 끊임없는 노력이 필요할 것이다. 귀를 열어 듣고, 눈을 크게 뜨고 보아야 할 것이다.

나의 정치철학! 그것은 '정치는 국민에게 봉사하는 일' 이다.

북한 땅을 밟으며

1950년 6.25일. 북한은 소련 스탈린의 지원을 받으며 대한민국을 불법 남침을 감행했다.

내가 태어날 무렵이다. 그러니까 그동안 반세를 훌쩍 넘긴 셈이다. 세계에서 완전 통일되지 못한 유일한 국가가 되었다.

그 후, 우리는 수없는 도발을 받아왔다. 멀리는 1968년 1월 21일의 김신조를 비롯한 북한 121특수부대 청와대 공격 미수사건, 울진 양양 짐투사건, 무장공비 침투사건, 서해안 교전사건…….

전혀 뚫리지 않을 것 같던 남북한이 교류를 시작하여 마침내 내가 금강산을 갈 수 있는 자리에까지 서게 되었다. 여기에 오기까지는 수없는 힘든 경로가 있었다.

박정희 전 대통령의 밀사로 전쟁 후 최초의 평양 방문자인 전 중앙정보부장 이후락, 노태우 대통령의 밀사인 박철언은 몸에 독극물을 숨기고 가기까지 하였다.

그 후, 김대중 정권이 들어서면서 벌린 햇볕정책에 따라 본격적인 교류가 시작되고, 현대와 북한과의 사이에 금강산 관광이 이뤄져 마침내 2005년 5월, 내 개인적으로는 역사적이라 할 금강산 관광길에 나선 것이다.

50년 반세기의 긴 세월, 막혔던 북한 땅을 찾는 나의 마음은 홍분되기보다는 착찹함과 미래에 대한 걱정이 앞서 있었다.

통일 비용을 대신한 북한 지원금이라고는 하지만, 그동안 과연 얼마나 제공되었는지, 제공된 물자나 돈은 과연 얼마나 되는지, 이에 대한 철저한 후속조치는 있었는지 알 길이 없다.

우리는 과거 6.25를 겪었다. 솥뚜껑 보고 놀란 가슴 자라 보고 놀란다라는 말이 있듯, 전쟁과 수없는 도발을 당했던 우리로서는 걱정이 앞서지 않을 수 없다.

혹, 우리가 주는 돈이나 물자가 전투 병력에 제공되는 건 아닌지, 친 김정일의 고위층에게만 지급되고 정작 굶고 쓰러지는 북의 주민에게는 제공되지 않고 있는 것은 아닌지!

이러한 부정적 견해와 또 하나 나를 갈등시키는 긍정(肯定)적 견해가 계속하여 나를 괴롭히고 있었다.

경직되고 폐쇄된 북한사회를 국제사회로 이끌어내는 데는 다소의 희생이 따른다 해도 이 방법밖에는 없지 않느냐 하는 것이다.

북한 땅, 아니 엄밀히 말해 우리 같은 조국 땅인 금강산을 방문하는 나의 심정은, 독도를 찾아갔을 때와는 이렇게 현저히 다른 심경이었다.

나는 아무리 생각해도 북한을 이해하지 못하겠으며, 북한에 대해 당당히 발언하지 못하는 이 정권을 이해하지 못한다.

이런 21세기에 권력을 대물림하는 나라가 어디 있으며 이렇게 국제사회에서 고립하여 사는 나라가 어디 있단 말인가. 국민들은 굶고 쓰러져 국제사회에서 식량을 도와주지 않으면 안 될 형편인데 시장을 개방하지 않는 이유를 모른다.

미래에 대한 희망도 없고 당장 생계를 유지해야 할 곡식도 없어 수많은 사람들이 목숨을 건 탈북을 하는데, 북한 정권은 언제까지 도움을 받아야 살아갈 수 있는지 답답하기만 하다.

분명 북한 주민도 우리 민족이다. 우리 가족이 굶는데 그냥 두고 보기만 할 사람이 어디 있겠는가?

북한의 굶주린 주민을 돕자는 데 반대할 사람이 어디 있겠는가? 인도적 차원의 지원을 누가 거부하겠는가?

그러나 내가 우려하는 것은 지원해 주는 돈이나 물자가 유용(流用)되지나 않을까 하는 걱정이다. 그리고 아무런 대가도 얻어내지 못하는 정부에 대한 걱정이다.

우리는 은행에서 몇 천만 원의 융자를 얻으려 해도 이에 상응하는 담보를 제공한다. 담보물을 제공하면 융자를 해 줄만큼 가치가 있

금강산호텔

는지를 따진다. 돈을 갚지 못할 경우 담보물로 그 대가를 치르겠다는 의도다.

은행에서조차 담보와 담보물의 재산적 가치를 면밀히 조사한 뒤에야 융자금을 내주는데 우리는 북에 어떤 담보를 받고 있는지 참으로 궁금하다.

우리는 양심수라며 전향하지 않은 포로로 잡혔던 북한 사람들을 돌려보내 주었다.

그러나 북한은 우리 국군포로를 돌려보내 주지 않았다. 오히려 탈출을 시도하던 국군포로를 다시 잡아갔다. 이란 불평등한 처사가 어디 있나?

중국을 보라. 등소평의 실용노선은 삽시간에 국제무대에서 두각을 나타내어 이제는 미국을 두려워하지 않는 경제대국으로 가고 있다. 시장을 개방하고 사유재산을 인정하는 자본주의와 사회주의의 절충으로 그들은 등소평이 꿈꾸던 대국을 일궈가고 있는 것이다.

내가 담보 말을 꺼내 든 이유는 바로 이것이다. 우리가 북에 제공하는 만큼 우리도 담보물을 받아내자는 것이다. 최소한 중국식 개방정책은 써 달라는 것이다. 경직된 사회에서 풀어주라는 것이다.

가슴에 김정일 뱃지를 달고 다니고, 우리가 보았듯, "김정일 수령 사진 비 맞으면 어떡해요!" 하며 통곡하는 이런 전 근대적인 우스꽝스러운 광대 짓은 시키지 말라는 것이다.

북한의 젊은이들은 국제사회로 하루빨리 눈을 돌려 이 세상이 얼마나 변화해 왔으며 어떻게 체제를 바꿔야 살 수 있는지를 깨닫게 해야 한다. 그리고 폐쇄된 생활을 접어야 한다.

한 나라의 지도자가 외국을 가면 언론부터 요란하고 온 국제사회가 이 사실을 다 알게 한다. 그리고 외신을 통하여 방문 목적이나 성과를 세상에 알린다.

그러나 북한은 다르다. 김정일이 갑자기 증발하면 세계는 떠들썩하다. 그리고 그 증발은 온통 미스터리에 쌓이고, 그리고 며칠 후면 중국 어디서 나타났다는 보도가 시작된다.

행보에 대해 일체 비밀에 부치기 때문이다. 무엇이 그를 자신 없게 만들까?

체제다. 그 자신이 황제처럼 군림하게 되어 있는 전대미문의 체제다. 공산주의도 아니고 전제국가도 아니다. 권력을 세습하고 독점하는 독재일 뿐이다. 어찌 원성이 하늘을 찌르지 않으랴. 어찌 적이 하나 둘만이겠느냐, 그렇다고 대남정책은 변하고 있는가?

나는 결코 극단적인 극우 보수세력은 아니다. 그러나 북에 대해 마냥 너그럽고 그들의 정치적 행보를 인정해 주려는 생각도 없다.

내가 걱정하는 것은 분명히 남한에도 북한의 대남정책을 옹호하는 친북세력이 있다는 우려다.

금강산의 경이로운 산세와 견줄 데 없는 아름다움을 보면서도 나는 마음 속의 걱정을 지울 수 없었다.

언젠가 읽은 모 언론사의 북에 대한 비평이 머리에서 떠나지 않고 있었다.

북한의 통일전략은 적화통일이다. 한반도 전체를 김정일 체제 하에 넣겠다는 것이다. 더 구체적으로 정리하면 한반도 남쪽에서 외세를 몰아내고 전국적 범위에서 민족적 자주성을 회복하는 것이다. 여기서 외세는 미국이며 상징적으로는 주한 미군이다.

북한 정권은 대한민국을 미국의 식민지로 본다. 미국이 주한 미군을 통해서 대한민국을 지배, 착취하고 있다고 보는 것이다. 북한 정권은 이런 통일전략을 민족해방이라고 표현하기도 하고, 자주성 회복이라고도 한다.

북한 정권이 자주(自主)라고 말할 때, 그 뜻은 사전적 의미가 아니며 정치적 의미로서 주한 미군의 철수를 뜻한다. 이 민족적 자주성을 회복하기 위한 방법으로서 저들이 내세우는 것은 민족 대단결이다.

그들은 더 이상 프롤레타리아 계급혁명을 내세우지 않는다. 민족이 이념을 초월하여 대단결하여 미국을 몰아내고 자주성을 회복하자는 것이다.

그 구체적인 전술은 통일전선이다. 대한민국의 주류층과 미국에 반대하는 사람들을 모두 동지라 규정하고 그가 기업인이든 공무원이든 손을 잡고, 그 주구 세력인 대한민국 수호 세력을 타도하자는 전략이다.

민족과 자주를 앞세운 김정일의 통일전선전략을 경계하자. 주한 미군 철수는 이 전략의 핵심이다.

주한 미군 철수를 포기하겠다는 주장은 적화통일을 포기하겠다는 의미이며, 더 이상 조선인민민주주의공화국이 아니란 얘기다.

김대중 대통령의 평양회담 이후 미군 철수 요구를 포기했다고 말하며 다니는 것은 이런 점에는 남한 국민들의 김정일에 대한 경계심을 이완시킬 위험성을 지니고 있다.

김정일의 통일전략은 대한민국 정부가 좌익이 주도하는 정변에 의하여 좌익 정권으로 교체되는 것을 목표로 하고 있다.

아무리 남북한이 평화협정을 맺고 불가침조약을 맺어도, 또 김정일이 아무리 주한 미군이 통일 이후에까지도 주둔되는 것을 용인한다고 떠들어도 대한민국이 공산식 정권으로 교체된다면 그날로 통일이 이뤄지는 것이니, 그런 약속과 보장은 의미가 없는 것이다.

오히려 김정일은 평화협정이니 주한 미군 계속 주둔이니 연방제 통일론이니 하는 것은 남한 내의 혁명 분위기가 성숙되는 방향으로 이용하기 때문에 김정일의 전술을 믿고 진실된 대화를 하겠다는 것은 자해행위(自害行爲)나 다름없다.

아무리 남한이 모든 면에서 북한을 압도한다고 해도 북한이 멸망하기 전에 자중지란을 일으켜 자해하고, 그 연장선상에서 자살의 길을 선택한다면 아무도 대한민국을 도울 수 없는 일이다.

우리는 우리 곁에서 대한민국 자해행위를 선동하고 자살하도록 권유하며 돌아다니는 내부의 적을 경계하고 단속해야 할 것이다.

이 기사는 얼마 전 발생한 인천 자유공원의 맥아더 장군의 동상 철거와 같은 맥락이 아닌가? 일부 세력은 왜 자중지란을 부추기며 자해행위를 서슴지 않고 있는가?

금강산이라는 천하의 명산(名山)을 돌아보며 나는 많은 생각에 잠기고 있었다.

군위의 위대한 하루

이 글은 내가 잘 알고 있고, 또 군위를 잘 아는 한 시인(詩人)에게 직접 의뢰하여 쓴 글로, 10년 뒤 군위가 어떻게 발전되어 있을까 그 모습을 미리 상상으로 쓴 글이다. 짧은 소설 형태로 썼지만 정말 우리 군위가 이런 모습으로 변하기를 간절히 기다려 본다.

"총리님, 헬기가 준비되었습니다."

"그래요? 그럼 출발합시다."

총리의 얼굴은 밝아 보였다. 그는 군청색 양복에 밝은 갈색 넥타이를 매고 있는데, 얼굴은 밝고 자신감에 차 있었다. 52세의 젊은 총리는 부임한 지 2년이 되었지만 잡음 하나 없이 국정을 매끄럽게 처리하여 국민들로부터 깊은 신뢰감을 얻고 있었다.

비서실장과 함께 총리실을 나온 그는 헬기가 준비된 옆 경찰청 건물로 자리를 옮겼다. 두 대의 헬기는 이미 프로펠러를 돌리며 총리를 기다리고 있었고 행자부 장관과 보건복지부 장관이 총리를 영접하고 있었다.

"먼저들 나와 계셨군요. 일본 관방장관이 전화통을 붙잡고 놓아주지 않아서 그만……."

"몸이 달았군요, 허허허…… 자, 오르시죠!"

총리와 두 장관, 그리고 경호원이 앞 헬기에 몸을 실었고 뒤 헬기에는 총리 비서실장과 행자부와 보건복지부 주요 국장들이 탑승했다.

이들이 오르자 헬기는 팔—팔—팔— 날개를 돌리기 시작했고, 잠시 후 헬기는 몸체를 하늘을 향해 띄우기 시작했다.

하늘은 푸르고 맑았다.

마치 한 마리 날렵한 잠자리가 허공을 날아가듯 헬기는 남쪽 방향을 향해 몸체를 틀더니 경쾌한 몸짓으로 날아가기 시작했다.

2016년 10월 어느 날의 일이다.

"대통령께서는 언제 귀국하시죠? 정확히?"

"3일 후 들어오십니다. 일이 잘 돼 가는 모양입니다."

"어련하시겠습니까?"

대통령은 지금 말레이시아 한 별장에서 미국 대통령과 일본 수상, 중국 주석, 러시아 대통령이 참석한 가운데 비공개리에 회의를 개최하고 있었다. 아시아의 평화와 경제발전이 화두의 대상이지만 실질적인 모임 이유는 북한 붕괴에 따른 사후 대책이다.

지금 통일은 눈앞에 와 있다. 독재체제가 끝나고 새 지도자가 선출된 뒤 북한은 지금까지와는 전혀 다른 상황이 되어 있었다. 한국의 협조 아래 경제 재건에 몸부림치고 있고 세계 강대국이 어떻게 평화롭게 통일을 위한 지원을 할 것인가를 심도 깊게 논의하고 있었던 것이다. 일본이 독도를 포기한 지 오래 되었고, 지금은 북한 재건에 일본을 참여시켜 달라며 떼거지를 쓰고 있는 형편이다.

"지금이 우리나라로서는 가장 중요한 시점입니다. 통일이 무리 없이 이뤄지면 우리는 미국이나 영국 못지않은 강대국으로 발돋움합니다. 미래로 봐서는 50년 내에 그들을 앞지를 수도 있습니다."

그렇다. 지금 국민소득은(GNP) 1인당 2만불. 통일비용도 어느 정도 마련되어 있고 세계 열강들이 여기에 동참하려 경쟁을 벌이고 있는 상태다.

헬기는 어느새 서울을 벗어나 원주 방향을 향해 날아가고 있었다.

그 무렵, 대구시청 귀빈실에는 몇몇 인사들이 커피를 마시고 있었다.

대구시장과 경북 도지사, 그리고 대구·경북 출신 국회의원, 대구시의회 의장과 경북 도의회 의장이 그들이다.

이들 중에는 다선(多選)의 임인배 의원, 그리고 인근 지역 국회의원인 김재원 의원의 모습도 보인다. 화려한 경력의 그들도 밝은 웃음을 웃으며 환담을 나누고 있었다.

"시간은 충분하죠?"

"그럼요. 여기서 군위까지 도착하는데 불과 20여 분밖에 걸리지 않습니다. 이 차 마시고 천천히 출발해도 총리보다는 훨씬 빨리 도착할 테니까요."

경북 출신 한 의원이 다른 의원들을 향해 머리를 돌렸다.

김천의 임인배 의원이다.

"이번에 나 도와주셔야 합니다."

"허허허, 그거 맨입에 되겠습니까? 임 의원님? 전에 장관도 한 번 하시지 않았습니까? 국회의장 자리가 보통 자리입니까?"

김재원 의원이 역시 미소를 띄우며 그를 바라본다.

"나, 국회의장에 당선되면 은혜 절대 잊지 않겠습니다."

일행은 밝은 웃음을 웃으며 나머지 커피를 기분 좋게 마셨다.

"자, 천천히 일어나시죠. 지금 출발하는 게 좋을 것 같습니다."

오늘 가장 기쁜 사람은 경북 도지사다. 오늘의 주빈이기도 하다. 그가 시계를 들여다보며 일어서자 일행들도 따라 일어섰다.

밖에는 현대가 개발한 세계 수준급 4000cc '다이아나' 승용차가 길게 대기하고 있었다.

벤츠와 BMW를 능가하는 세계 최고의 승용차다. 지금 세계 여러 나라들의 귀빈은 물론 세계적인 인기 연예인들, 스포츠맨들이 즐겨 찾는 자동차다.

"참 오늘, 박지성 선수도 온다면서요?"

"예! 아마 지금 군위에 도착해 있을 겁니다."

유럽에서 대 성공을 거두고 있는 축구선수, 은퇴한 베컴의 인기를 능가하는 위치에 서 있다. 그도 이번에 50억의 거금을 쾌척했다.

"나도 사인 하나 받아야 하겠는 걸. 허 허 허 허!"

국회의장에 도전하겠다는 정치가가 너털웃음을 웃으며 승용차를 향해 걸어갔다. 모두가 밝고 경쾌한 걸음이다. 마치 오늘의 해맑은 날씨처럼……

군위는 축제에 들떠 있었다.

사람들은 온통 꽃으로 장식되어 있는 광장으로 모여들었고 얼굴엔 환한 웃음으로 가득 차 있었다.

오늘은 군위가 군(郡) 단위에서 시(市) 단위로 승격하는 날이다. 그러나 단순히 시 승격을 축하하기 위한 것만은 아니다.

군위는 10년 전부터 조용히 추진해 온 전국 최고 최대의 실버타운을 완성, 마침내 그 위용을 드러내게 되었고, 오늘 그 개장 기념식을 함께 갖게 된 날이다.

실버타운! 갈 곳 없는 외로운 노인들에게 무상으로 제공되는 병원식 휴식처이다.

정부와 이 지역 사업가들, 그리고 뜻있는 전국 독지가들이 자선 차원에서 지원한 성금액 총 3천 2백억 원의 자금이 투입되었다.

아시아 최고의 노인복지시설이라는 일본 북해도의 시설을 훨씬 능가하는 아시아 최고의 실버타운이다.

지난 10년간 군위는 기적이라 할만큼 엄청난 성장을 보여 왔는데, 그것은 산업기지로 출발했던 과거 구미시를 능가하는 기적적인 발전이었다.

과거 10년 전, 인구 3만이 채 못 되던 초라한 읍(邑) 단위 군위가 이만큼 성장한 것이다.

인구 15만, 연평균 소득은 전국 1위를 달리고 있으며 1개 읍, 7개 면(面)을 통합하여 시로 승격시킨 것이다.

이 즐거운 날, 누가 집에 틀어박혀 있겠는가. 온통 축제 분위기에 들떠 사람들은 거리로 행사장으로 뛰쳐나와 인파로 출렁이고 있었다.

군위시장과 이 지역 고령자 어른들, 그리고 시의회 의장, 지역 유지들과 시민들은 광장에 모여 귀빈들이 도착하기를 애타게 기다리고 있었다.

이때 7~8대의 승용차들이 모여들었다. 경북 도지사와 대구시장, 경북 주요 국회의원들의 행렬이다. 군위시장을 비롯한 인사들이 쫓아가 영접을 해 주었고, 이들은 상기된 표정으로 차에서 내려 이들의 손을 잡아주었다.

"축하합니다. 정말 축하합니다. 고생 많으셨습니다!"

"지사님께서 뒤에서 열심히 지원하신 덕이죠. 감사합니다."

이들이 막 시청 응접실을 향해 출발하려 할 때, 부시장이 숨 가쁘게 달려왔다.

"5분 후 총리께서 도착하신 답니다. 헬기 착륙장으로 가시죠."

“아! 그래요?”

일행은 시청 광장 뒤에 있는 헬기 착륙장을 향해 자리를 옮겼다.

잠시 후, 팔—팔—팔— 소리가 들려오더니 하늘에서 두 대의 헬기가 허공을 맴돌기 시작했다.

총리와 장관들 일행이 도착한 것이다. 지역 인사들이 문이 열리는 헬기를 향해 갔다. 날개 바람에 옷깃이 펄럭인다.

총리가 먼저 내리고 뒤이어 장관들이 내렸다. 이들은 모두 상기된 표정들이다.

대기하고 있던 신문 방송기자들이 카메라를 들이대며 이들을 쫓았다.

시민들은 박수를 치며 총리와 장관들을 맞아주었다.

“와!— 와!”

함성도 터졌다. 군위시 승격을 적극 도왔던 행자부 장관에게는 더 큰 함성과 박수가 쏟아져 나왔다.

총리 일행은 손을 흔들며 행사장 귀빈석을 향해 걸어갔다. 그들이 단상에 채 올라가기도 전에 장내가 술렁이더니 시민들이 한쪽으로 우르르 몰려들었다. 사람들이 모여든 인파 속에서 경호원들에게 둘러싸인 한 사람이 내리고 있었다. 금년 35세, 올해로 선수생활을 마칠 영국 맨체스터 유나이티드의 살아 있는 전설이며 세계적 축구 선수인 박지성이 도착한 것이다.

인파들의 함성은 총리 일행보다 더 크고 우렁찼다. 기자들의 카메라도 박지성을 향해 몰려들었다. 그가 손을 흔들어 주며 단상으로 올라갔고 총리를 비롯한 정치인, 장관들이 그를 반갑게 맞아주었다. 수줍음 많은 박지성이 어려운 표정으로 이들과 손을 잡았다.

"감사합니다. 감사합니다."

"우린 모두 박 선수의 팬이지요. 이번에 거액을 희사하신 것에 감사드립니다. 은퇴 후에는 우리 축구발전에 혼신의 힘을 기울여 주세요."

"물론 그럴 겁니다."

그는 한 영국인 옆에 자리 잡고 앉았다. 그 영국인도 박지성을 알아보고 너무나 반가워했다. 군위에 한ㆍ영 합작으로 설립한 물류센터 영국 대표다.

마침내 기념식이 시작되었다.

군위시장이 먼저 단상의 귀빈들을 소개하기 시작했다. 총리를 비롯한 장관, 국회의원, 지사, 시장 등을 일일이 호명하며 인사를 시켜주었는데 가장 큰 박수를 받은 사람은 역시 천재 축구선수 박지성이었다.

먼저 총리의 축사가 시작되었다.

"대한민국 건국 이래 가장 빠른 시일 내에, 가장 크게 성장한 도시는 구미시입니다. 그러나 구미시는 국가의 공업도시 건설 전략화에 따라 건설된 인위적 도시이지만, 군위시는 시민 여러분의 피나는 노력에 의해 발전한 도시입니다. 그런 면에서 저는 군위 시민 여러분이 너무나 자랑스럽다는 것을 말씀드리지 않을 수 없습니다.

존경하는 시민 여러분! 그리고 오늘의 군위가 있기까지 불철주야 사심 없이 뛰어주신 시장님과 이 지역 국회의원님께 다시 한 번 축하의 인사를 드립니다.

지난 10년 전 군위는 어떤 모습이었습니까? 인구는 3만이 채 못 되고 경제 자립도는 초라하기 짝이 없었습니다. 그러나 그때부터 여러분은 이 악물고 군위 살리기에 총력을 기울였습니다.

농법의 과학화, 군(郡) 경영의 현대화, 그리고 적극적인 외자 유치, 건실한 도시 경영으로 군위는 적자 도시에서 완전히 흑자 도시로 탈바꿈하였고, 군 운영을 마치 기업 경영하듯 공격적으로 경영하여 마침내 인구 15만의 도시로 탈바꿈, 시(市) 승격의 영예를 누리게 된 것입니다.

이뿐만 아니라 오늘 개소식을 갖게 될 실버타운도 아이디어 개발과 적극적인 자금 유치로 세계적인 시설을 갖춘 노인복지시설로 건설하였습니다. 이 시설에서 외롭고 힘든 노인들을 유치하여 남은 여생을 편안하고 안락한 여생을 보내실 수 있도록 국가에서도 최선을 다해 도와드리겠습니다.

이를 위해 정부는 군위를 '경제 시범도시'로 선정하고 앞으로도 지속적인 지원을 해 드릴 것을 약속합니다."

이때, 우레 같은 박수소리가 터져 나왔고 총리의 축사는 계속 이어져 갔다.

"이미 세계적 브랜드와 손잡아 지역 농산물을 수출하고 있고, 굴지의 세계 기업들과 협력하여 현지공장을 수없이 건설하였습니다. 군위는 이제 대구의 변방 도시가 아니라 대구를 위협할 잠재적 능력을 가진 도시로 나날이 발전할 것입니다."

또다시 터져 나오는 박수소리!

"오늘 특별한 한 분을 소개하겠습니다. 이번에 문을 여는 실버타운 건설에 거금 50억을 희사하신 세계적인 축구스타 박지성 선수께서 그 바쁜 중에도 이곳을 찾아와 주셨습니다. 박수로 환영하여 주시기 바랍니다."

광장이 터질 듯한 박수소리!

"감사합니다. 이제 통일은 눈앞에 왔고 우리는 선진국을 능가하는 강대한 국가가 될 것입니다. 모두 다시 한 번 힘내어 위대한 우리 조국을 건설합시다."

몇몇 지도자들의 축사와 시장과 시의회 의장인 여성 한 분의 답사가 있었다. 그리고 공로자를 표창하는 순서가 끝난 뒤 실버타운 시찰로 들어갔다.

거리도 완전 축제 분위기다.

모든 시민들이 거리로 쏟아져 나온 듯 사람들로 가득했다. 커피숍, 술집은 앉을 자리가 없고 식당도 초만원이다.

도시는 예전에 비해 많이 변해 있었다. 버스 터미널은 중앙고속도로 군위 인터체인지 방향으로 옮겼는데 서울 직행 고속버스가 5분마다 출발하고 부산을 비롯한 인근 도시로 가는 버스도 즐비했다.

새로 지은 터미널 건물은 대단히 웅장했다. 10년 더 뒤를 보고 지었으며, 인구는 머지않아 20만을 육박할 것으로 보였다. 대구의 명문대학 한두 개가 이사해 온다는 소문도 있고, 지역 특성에 맞는 종합대학이 설립될 것이라는 소문도 있다.

옛날 경찰서와 서부 농협 부근은 군위의 입구가 아니라 도시 한복판이 되었고, 그때의 건물은 눈을 씻고 보아도 찾을 길이 없다.

고층 빌딩이 즐비하고 군위에 입성한 물류센터에는 쇼핑하는 사람들로 언제나 북적였다.

이곳 특작물인 가시오이는 일본과 미국으로 전량 수출되어 외화벌이에 큰 몫을 차지하고 황금 배는 주문이 달려 변두리 지역은 배밭으로 바뀌어 갔다.

모든 농작물이 국내 최고가로 수출되어 내국인들은 좀처럼 맛보기가 힘들었다. 이것은 큰 불만이었다.

문화 혜택을 보지 못하던 시민들에게도 희소식이 있었다.

전 군청 자리를 개조하여 시민 문화관으로 개조중이다. 이 공사는 2017년 5월에 완공되는데 개관기념으로 뮤지컬의 황제라 할〈넌센스〉가 공연된다. 이 공연을 소화할 만한 완벽한 시설을 갖춰 앞으로 대구 시민들이 공연 관람 차 군위로 몰려들 것이다.

스포츠도 눈부신 발전을 해 왔다.

역점을 두었던 노인을 위한 게이트볼은 이미 전국적인 붐을 일으켰고, 군위 팀은 전국 최강 팀을 이루고 있었다.

축구도 이미 아마추어 팀으로서는 감히 넘나볼 팀이 없다. 지난해 K—2 리그 우승팀과 시합을 가져 비록 2—1로 패하기는 했지만 프로팀을 쩔쩔 매게 만들기도 했다. 지역 축구인들은 새로 건설한 전용 축구장에서 더 많은 실력을 쌓아 전국대회 우승을 목표로 하고 있다.

시 승격 기념으로 밤에 열리는 군위—대구 생활체육 팀과의 축구 친선게임에는 오늘 방문한 박지성 선수의 시축(始蹴)으로 시작된다.

가장 발전한 팀은 탁구팀이다. 국가대표를 은퇴하고 지금은 탁구

발전을 위해 국가대표 감독을 맡고 있는 유승민 씨가 한 달에 두 번씩 방문하여 군위여고 팀을 지도하고 있는데 이미 국가대표를 한 명 배출했고, 많은 선수가 실업팀에 등록되어 맹활약을 하고 있다.

전통 깊은 충북의 단양과 함께 탁구 메카로 알려져 있다.

지금 시민들은 군위 운동장으로 몰려가고 있다.

축하 공연이 운동장 특별무대에서 열리는데 국내 최고의 인기가수와 탤런트들이 출연한다. 제법 나이가 들어 보이는 '보아'와 '비'가 출연하고 50이 넘은 개그 아줌마 '김미화' 씨가 사회를 본다. 그외에 많은 가수와 탤런트가 출연하여 흥을 돋군다.

그야말로 도시 전체가 기쁨과 흥분에 들떠 있다.

총리를 비롯한 VIP들은 실버타운을 돌아보며 열린 입을 다물지 못하고 있었다.

일본 도쿄와 홋가이도 노인복지시설은 세계적인 시설로 알려져 있다. 복지부 장관도 방문한 일이 있다. 그러나 규모는 작지만 시설은 훨씬 훌륭했다.

노인들을 위해 도움줄 사람들이 4명당 1명으로 배치되었고, 건강을 위한 욕조시설, 가벼운 운동시설, 영상시설과 음악 감상실이 준비되어 있었다. 기타 즐겁게 여가시간을 보낼 수 있는 시설들이 가득했다.

사람은 누구나 늙고, 늙어지면 외롭고 힘들기 마련이다. 젊어서 열심히 일해 나라에 헌신했으니 나이 들어 편안한 생활을 해야 하는 것은 당연한 일이다.

이곳 시장이 옛날부터 꿈꾸어 오던 복지시설이다.

"장관님!"

총리가 복지부 장관을 바라보며 말을 건넨다.

"이런 시설을 개성 정도에 하나 더 설립할 계획을 해 보시죠. 우리가 북한 정부에 기증하는 형태로 해서 말입니다."

"아! 네 알겠습니다. 무척 좋아할 겁니다."

"여기 시장님과 시설에 관한 의견도 나눠 보시고요. 정말 훌륭한 시설입니다."

북한은 급속도로 변하고 있었다. 자본주의에 적응하는 시점이라 아직은 서툰 점이 많지만 우리 기업과 전문가들이 대거 투입되어 집중으로 교육시키고 있다.

향후 5년만 지나면 완전한 통일이 가능하다. 이미 물자교류는 오래 전부터 있었다.

국방은 중국을 대비해 압록강과 두만강 국경에 집중 배치했지만 전쟁 준비는 없어 보였다.

때문에 엄청난 국방비를 절약할 수 있어 이 여유자금을 사회 간접시설에 투자하고 있고, 자유시장에 대한 교육을 시키고 있는 시점이다.

"아예 군위와 개성을 자매결연시켜 버리죠. 시민과 시장님만 좋다면……."

"그것도 좋으신 생각입니다. 작기는 하지만 경제적 능력은 국내에서 손꼽히는 지역이니 개성에 도움도 될 겁니다."

이들 일행은 다시 시청으로 돌아와 시장에게 다시 한 번 축하의 인사를 건넨 후 헬기를 이용하여 서울로 올라갔다. 대통령이 외유 중이라 총리가 오래 자리를 비울 수 없었기 때문이다.

오후 5시, 군위여고 탁구 지도자로 봉사하고 있는 유승민 씨 일행이 뒤늦게 도착했고, 이들은 자연스럽게 박지성 선수와 합류했다. 시장이 이들을 위해 만찬 자리를 만들었다.

밤 7시에는 대구—군위 간 축구시합이 열린다.

만찬 자리에는 몇몇 귀빈이 남아 자리를 함께했다. 이 지역 다선 의원인 김재원 의원과, 차기 국회의장을 노리는 임인배 의원, 그리고 오늘 축구시합의 상대 수장인 대구시장이 그들이다.

그러나 아무래도 진짜 스타는 박지성과 유승민이다. 이곳에서 이름난 한식집에서 만찬이 열렸는데 종업원들이 사장의 눈치를 흘끔흘끔 보며 두 스타에게서 사인을 받아갔다. 의외로 두 스타는 선뜻 사인을 해 주었다.

감칠맛 나는 식사를 하는 도중에도 두 스타의 에피소드가 단연 화제가 되었다. 유승민은 만리장성을 뚫고 세계 랭킹 1위가 되기까지의 뒷얘기에 열을 올렸고, 박지성은 세계 최고의 스타가 되기까지의 애환을 말해 주었다.

중국의 벽이 너무나 높았지만 그래서 더 맹렬한 연습을 했다는 유승민과 작은 동양인의 설움을 딛고 스타플레이어가 되기까지의 과정을 설명하는 박지성의 한결같은 공통점은 ‘하면 된다’ 는 것이었다.

시장은 잠시 눈을 감았다. ‘하면 된다’ 는 철학 하나로 여기까지 끌어왔다. 모두 불가능에의 도전이라고 비아냥댔지만 참고 견디어 왔다. 만일 힘들어 중도에서 포기했더라면 오늘의 군위는 없었을 것이다.

즐거운 만찬이 끝난 후, 일행은 자리를 옮겨 축구장으로 향했다. 오늘 군위는 또 한 번 대구팀을 신나게 꺾어줄 것이다. 사기가 충천해 있기 때문이다.

조명등이 대낮처럼 밝은 축구장은 이미 뜨거운 열기로 가득했다. 마치 한·일전처럼, 스페인과 포르투갈처럼, 대구와 군위팀은 대단한 라이벌 의식을 가지고 있었다.

대구는 대도시의 자존심이 걸려 있고, 군위는 비록 2부 리그라도 프로팀과 대등한 시합을 한 경력이 있다. 게다가 대도시에 질 군위가 아니라는 자존심 때문이다.

박지성이 시장(市長)에게 시축을 강력히 양보했으나 시장은 끝내 박지성 선수에게 맡겨 버리고 말았다. 전 시민과 선수들은 이런 시장에게 다시 한 번 감동했으며 죽을힘을 다해 대승하겠다고 맹세했다.

'뼁—!'

구장으로 내려온 박지성이 대구 골문을 향해 볼을 내질렀고 응원단과 시민들은 함성을 질렀다. 모두가 신나고 즐거운 날이다.

전반전 1:0 군위의 승리. 후반전 1:1. 결국 2:1로 군위의 승리!

거리는 또 한 번 축제 분위기에 들떠 있었다. 하늘에는 오색찬란한 폭죽이 터지기 시작했다.

새벽 3시, 모두가 깊은 잠에 빠진 시간, 시장은 혼자 시장(市長)실에 앉아 그동안의 고생을 생각하며 깊은 사색에 빠져 있었다. 뭉클 가슴이 메어왔다. 마침내 그 원대한 꿈을 이루고 만 것이다.

'그래. 하면 되는 거야.'

그는 독백을 하며 벽에 걸어놓은 훈시의 글 하나를 바라보았다. 거기에는 다음과 같은 글이 적혀 있었다.

'자원(資源)은 유한하나 창의력(創意力)은 무한하다!'

동녘이 벌겋게 밝아오기 시작했다.

위대한 군위의 하루는 그렇게 다시 시작하고 있었다.

자기의 지역을 사랑하지 않는 사람은 없을 것입니다.

도의원의 직무를 수행하며 본인은 여러 가지 현안에 대하여 최선을 다하였지만 지역을 혁신시키지는 못하였습니다. 제 능력에도 한계가 있었지만 도의원의 한계도 있었습니다.

하지만 우리 군위는 앞으로도 발전해야 하고 또 반드시 발전할 것입니다.

제가 우리 군위에 비전을 갖는 가장 큰 이유는 그동안 고립된 섬처럼 갇혀 있던 군위가 이제는 사방으로 뚫려 무한한 가능성을 갖게 되었기 때문입니다.

대구, 구미와 인접해 있고 대구, 구미는 경부고속도로, 내륙고속도로와 연계되어 있습니다. 뿐만 아니라 중앙고속도로가 우리 군위를 통과하게 되어 이제는 막힌 도시가 아니라, 전국을 속 시원히 뚫어주는 영남 중심지역이 되었기 때문입니다.

저는 '하면 된다' 라는 말을 철저히 신봉하는 사람입니다.

앞서 읽으신 미래의 군위 모습이 결코 허황된 가공의 글이 아닐 겁니다. 하면 됩니다. 우리 도시가 긴 겨울잠에서 깨어나 힘치게 약동할 시기가 된 것입니다. 더 이상 비약을 미룰 수도 없고 미루어서도 안 됩니다.

누구 한 사람만의 힘으로 되는 것도 아닙니다. 우리 군민이 혼연일체가 되어 뭉치고 지혜를 합쳐 노력한다면 우리는 군민(君民)이 아닌 시민(市民)이 될 것이며 젊은이들이 떠나는 군위가 아니라 젊은이들이 희망을 가슴에 안고 찾아오는 군위가 될 것입니다.

군위에 대학이 들어서고, 연구소가 설립되고 지역 주민소득이 대도시를 앞지르는 날이 올 것입니다.

그러기 위해 저는 언제 어느 자리에 있던 비전과 열정의 리더 장욱이 되기 위해 끊임없이 제 자신에 대한 계발과 노력을 아끼지 않을 것입니다.

역동적이고 희망에 넘친 도시로 만들기 위해 저의 모든 역량을 다할 것입니다.

지금 우리 지역의 중대한 현안은 농촌 붕괴에 있습니다. 세계무역 자유화시대에 우리 농촌이 살아남기 위해서는 남다른 땀과 노력, 그리고 힘과 지혜를 필요로 하고 있습니다.

무사안일주의의 구태의연한 모습으로는 지금 같은 무한경쟁시대에서 살아남지 못합니다. 이 중대한 시기를 놓쳐서도 안 됩니다.

세상은 지금 1초가 바쁘게 움직이고 있고, 또 변해가고 있습니다.

다른 지역도 살아남기 위해 안간힘 쓰며 노력하고 있습니다. 이웃 모두가 경쟁입니다. 이 경쟁에서 우리는 살아남아야 합니다.

외국 농산물이 몰려오고, 국가에서는 대비책도 없이 나 몰라라 외면하고 있습니다. 이렇게 어려운 시절에 우리가 시급히 해결해야 할 일은 우리가 우리를 깨우는 것입니다.

먼저 자신감을 회복하고, 소외된 노인과 변두리지역을 개발하고 문제점 하나하나를 소중히 생각하는 그런 꼼꼼한 자세를 유지하는 내실(內實)에 충실한 다음, 지역개발을 위한 프로그램을 하나하나 실천해 나가야 할 것입니다.

지금 제가 가장 기대하는 것은 팔공산터널 완공입니다. 이 터널이 완공되면 해야 할 일이 너무나 많을 겁니다. 이렇게 하나하나 작은 일은 작은 일 대로 큰 일은 큰 일 대로 열심히 일하다 보면 어느새 우리 군위는 지금과는 전혀 다른 군위가 되어 있을 겁니다.

불가능한 일에 도전하는 것! 그것이야말로 인간의 가장 위대한 힘이라고 생각합니다.

불과 4~50년 전만 하더라도 우리가 오늘 같은 경제대국이 되리라고 생각한 사람은 아무도 없었을 것입니다. 세계인은 물론 우리 자신도 상상할 수 없었던 일입니다. 그러나 우리는 해냈습니다.

마찬가지로 우리 군위가 앞선 글처럼 변하리라고 생각할 사람은 아무도 없을 것입니다. 그러나 우리는 이를 현실화시킬 것입니다. 세월이 좀 더 필요하다면 필요한 대로 앞으로 나갈 것입니다.

빛나는 역사와 오랜 전통의 우리 군위를 이렇게 초라한 모습으로 후손들에게 남겨줄 수는 없습니다. 우리의 피와 땀이 우리 후손들에게 기름진 도시로 남겨줄 수 있다면 우리는 무엇이든 해야 합니다.

저는 황소처럼 뚜벅뚜벅 걸으며 살아왔습니다. 결코 서두르지도 않지만 그렇다고 좌절하거나 힘겹다고 쉬지도 않습니다. 세워진 목표를 향해 묵묵히 추진해 나갈 것입니다. 지금까지 제가 추구해 온 그대로 갈 겁니다.

이 군위에 제 뼈를 묻을 겁니다. 세월이 흐른 다음, 저와 우리 군민들이 후손들에게 남겨준 정신적, 물질적 풍요를 자랑스럽게 추억하게 할 것입니다.

지금까지 살아온 발자국에 부끄러운 점도 있겠지만 지나온 발자국보다는 앞으로 나가야 할 길이 더 멀기에 부끄럼 무릅쓰고 이 작은 책자를 내놓게 되었습니다.

모든 분께 감사드리며 머리 깊이 숙여 이 글의 마무리를 짓고자 합니다.

감사합니다.